万籁俱寂的那一天

THE STILLEST DAY
Josephine Hart

［英］约瑟芬·哈特 ——— 著

张叔强 叶逢 ——— 译

上海译文出版社

本书提到的两位画家以及他们绘制的几幅让作者产生灵感的画作

费尔南德·克诺普夫（1858-1929）

《女子头像》

《司芬克斯》

《英国女郎肖像》

《爱抚》

《我把自己关在门内》

《不信》

《被遗弃的村庄》

奥迪隆·雷东（1840-1916）

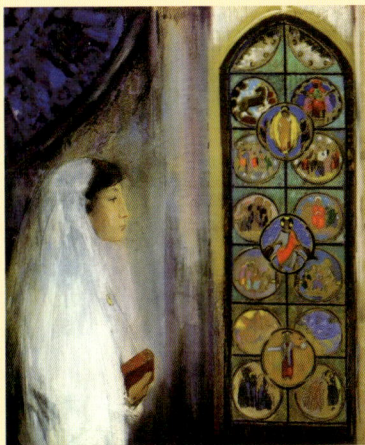

《西蒙·法耶特肖像》

《在梦中》

《眼睛像一只奇怪的气球升向无限》

《水族的保护神》

赠给亚当和爱德华

"我把什么放进了画里……？
我放入了一扇通往神秘之境的小门。"

——奥迪隆·雷东，1888 年

1

这是第一年里发生的事，不能预示最后一年里发生的事。我现在不觉得自己有罪，从来就没有这种感觉。而且，尽管令我诧异，我当时并无恻隐之心。

我的过去完全不能解释我的今天，也解释不了那一瞬间我在命运驱使之下采取的行动。我的行动证明我能力的极限。我居然会达到那个极限，而且几乎超出了那个极限，那是我的过去无法解释的。

差不多有三十年，我一直过着虔诚尽职的生活。我的人生依赖着两个精神支柱：履行美术教师的职责和尽女儿的孝心，用心照料守寡多病的母亲。

就这样，从懂事起，想来是从七岁开始吧，我一步接一步从家门走到学校，再走回家门，在我们这个小村庄的世界里周而复始走到三十岁那一年，一步接一步，安安静静地踏过了那些年月。

我的灵魂真相在哪个地理位置披露，这一点无关紧要。小村庄的确切位置在哪个县，哪个乡，对我要讲的故事不会有丝毫的影响。

但是如梦的人生需要一个场景，我的场景便是这个小小的村落。好在乡村生活所需要的，这里应有尽有，这里有连着一片墓地的教堂，有学校和新盖的乡村医院。这家医院让这一带的人感到非常骄傲。

也许是害怕出事，村子坐落在山坳里，像是要寻求庇护。在山顶上看守四方的是格朗特莱庄园，村里人由此以为得到庄园保护。因为选址有心，宅邸甚至比教堂更显眼。庄园的主人格朗特莱大人是许多农户的地主，当然也就是他俯瞰范围内一切的主宰。所以这一带一概听命于格朗特莱庄园，受它保护。

有小小一家工厂，这一未来的先兆，已经在村子里占据一角，像藏身在风景画中偏远角落里的死神。不起眼的工厂默默地向村里人展示令人不安的未来，警告大家我们恪守不变、习以为常的生活方式将要被改变。村里人一个个心神不定，不愿接受变化，所以尽量无视工厂的存在。大多数村民对工厂绝对没有好感。这里的人历代务农，拿定主意要保持传统。

大家以为乡下小地方才是躲避是非的去处。这也是为什么害怕跟陌生人打交道的人都愿意住在农村，以为身处熟人中间更安全。然而，加害于人的欲望起源于激情。一旦接近火苗，激情被点燃，熊熊烈火便会吞噬一切。公认的伦理道德只是掩饰了那种令人不安的常识。

逃离农村的人大多是因为不愿让人知道。很少有人，其实只有真正声名狼藉的人，才不得不逃离都市。在万头攒动、鱼龙混杂的都市之中，要是有个陌生人暧昧地凑上前来，他或许已经觉察到心照不宣的招徕。

我从来不主动结交陌生人，多年来满足于跟熟人来往。我需要的是习惯成自然，循规蹈矩地过日子，这让我心里踏实。我觉得只要自己严格遵守规矩，我的人生就会有一个风平浪静的港口。虽说大都市中有五花八门的博物馆、戏院之类，可以养性怡神，那儿无休无止的喧嚣却令我胆战心惊。

再说母亲不能，也确实不愿意搬家。她已经在自己的天地中固步自封。在那个小天地里，她又划定一个更狭隘的天地。她那个局促闭塞的空间可能是为了葬礼而做准备。活了一辈子，知道自己最终要躺进村里坟场中哪一个墓穴，就不会觉得葬礼有多残忍。老的走了，新的来了，村里人从历史的角度观望，对生生死死能有年长日久的思索。

家族的历史代代重演，村里人看在眼里，有时不免为之掉泪。历史重演会引起冲突，影响整个家庭的命运。这样的冲突也许多年以后才会有最终的报应。父母的规劝必然无效。母亲们徒然警告女儿村里的小伙子用心不良。小伙子的父辈当年追逐今天的母亲还不是怀着同样的用心，使她们芳心无主、神不守舍。古老的故事便这样代代流传。

这里讲的事情发生在我的一生中。我的一生中没有发生过会让许多不知姓名的人丧身的历史巨变。算我幸运，我的时代和家乡既不曾受到战争的洗劫，也没有遭到瘟疫的蹂躏。所以许多年来我在这个世界上过的是最理想的生活，一种自行其是的生活。

我的时代和处境，此时此地，彼时彼地，我只勾画了一个大概，因为我最终的肖像很简单：一张面庞，几声回音，突如其来的一阵暴虐。余下的就此消逝。

我父亲常说，人生是承前启后的一场梦，前一场是生之梦，后一场是死之梦。我们校园里有一块碑，是格朗特莱夫人捐赠的。我常常凝视碑上

万 籁 俱 寂 的 那 一 天

那句古老的英国格言：

> 生我之始，
>
> 亡我即始。①

　　不要在我的故事中寻找你自己的现实。这些是我认为自己一生中最重要的事件，由你自行决定是否接受。你或许会别有他择，但你不是贝塞斯达·巴奈特。

---

① 原文是："Soone as we to bee beginne, Did beginne to bee undone." 这句格言收入英国诗人乔治·威瑟（George Wither, 1588 – 1667）的格言集（*Emblems*）。威瑟的文句是："As soon as we to be, begun; We did begin, to be undone."

3

许多年来，我的日常生活一成不变。严格的作息使我确信安宁在于不断的重复。人就这样被习惯驯服。常规束缚我们，把我们紧紧地捆绑。大家害怕坠入混乱的真实世界，心惊胆战地抓紧这副框架，指尖抠出了血，脚趾发麻像踩进了墓穴。在必须腾身飞跃的紧要关头，我们的身子却动弹不得。使我们瘫痪的就是原以为能保护我们的那副框架。

我每天清晨六点半起床，仔仔细细地洗澡，有条不紊。水淌过我的身子像潮涨潮落，始终如此。

父亲活着的时候，等我长到一定年龄就不再进我的卧室，但是在洗澡的时候，我还是觉得脱掉睡袍后有必要披一件浴衣遮住身子。睡袍是白棉布的，永远不变。睡袍要是有污渍，先在我的房间里浸泡在放了盐的冷水里，随后用干毛巾裹着吸去水分。等干了，除掉血迹以后，才跟其他要洗的东西合在一起，送到洗衣妇家里去。洗衣妇叫艾希丝，没人知道她为什么取了这个名字①。

艾希丝一周六天给村里人洗衣服。夏天从早上洗到晚上八点，冬天洗到六点。她的丈夫已离她而去，告别礼是一个农庄，外加五个孩子。农庄边上有个大棚，艾希丝便在那儿，凭她那股传播福音般的热情，躬身洗刷一村子人积累的污浊。

每一件带污渍的东西，她都用力揉搓，使劲捶打，好像要把玷污我们灵魂的罪孽清除得一干二净。消罪祛垢之后的衣物一件件塞进挤干机，在铁棍的折磨下曲身求饶。然后，艾希丝提起火烫的熨斗，重重压下。嘶嘶

---

① 艾希丝（Ashes）意为"灰烬"。天主教徒在复活节前 46 天开始大斋节。大斋节的首日是圣灰星期三。那一天信徒们在前额抹灰以示忏悔。所以"灰烬"有赎罪的涵义。

哀嚎的蒸汽升向天堂，衣服终于就范。每到星期四，干净服帖的衣物送回原主，大家也就以为自己又是一身清白。

我每天的沐浴从脸和头颈开始，这些部位我不使劲擦，因为想保护皮肤的柔嫩，好看一点。我的胳膊不往上伸直，以防浴衣从肩上滑落下来。我是向前伸出胳膊，用浴巾来回擦。然后弯下身子洗大腿、小腿。背上仍然披着浴衣。接下来，让右肩膀从浴衣里露出以便擦洗右边的身子，从肩胛骨抹到腰部，随后，以同样的步骤擦洗左边身子。最后，我用毛巾把身体抹干，换水以后再轻轻擦洗乳房和下身。

我从不直视自己的乳房，但是短短的触摸足以让我感到它们的奥秘。它们好像有自己的个性，在等待发挥重要作用的时机。我知道的不只是它们简单的生理功能，所以对它们怀有一种莫名的敬意。这种事，我不是一无所知。我懂人体的构造，我也懂得人的本性。

　　随后我仔细地穿上深色衣服，头发在脖子后挽成一个整齐的髻，用发夹卡紧。凭这些特征，我认出自己，确信我见到的映像是贝塞斯达·巴奈特。

　　每天早上走到母亲的房门外，我得先停下，深吸几口气，再强打精神迫使自己进入日常生活的节奏。我朝她床边走去，轻声说：

　　"妈妈，亲爱的妈妈。"

　　她向我转过身来，我心中会骤然升起交织着怨愤和恐惧的情绪。人的躯体居然会衰退到如此地步，确实衰退到如此地步。我刚才洗干净、穿戴好的这个坚韧有力的身躯要衰弱成这副模样，会最终变成这副模样。我刚才仔细照料的灵魂居处要是会落到这个地步，那么我的灵魂又会经历怎样的历程？灵魂和肉体在通往坟墓的路上会是怎样的模样？

　　"一夜没睡好。"她低声说，总是这句话。

　　"可怜的妈妈。"我回答，总是这句回答。

THE STILLEST DAY

接下来是我们俩共同做出的一番努力，两个人都辛苦。但要让她从床上起来挪到椅子上，这番折腾是必不可少的。每天早上累得筋疲力尽之后，她才得以瘫进深红色座椅的怀抱中。

每天，我端过一盆水来，帮她洗脸和擦洗身体，程序跟我自己的一模一样。我默默地换水，把干净浴巾递给她，然后转过脸让她自己擦洗下身。那便是曾经生我、哺育我的身体。接着我帮她穿好衣服，把头发梳齐卷紧，用发夹卡成一个髻。这样，她不折不扣就是年老的我。这一天的穿着料理完了。我们默默无言，步履艰难地下楼。

仿佛在一首时断时续、古怪的小步舞曲的伴奏下，我俩一起慢吞吞地、一步一步地往下走，生怕不小心踩空一脚送掉性命。每一步都走得小心翼翼，像是无法逃脱无止境的沉沦。在旁人眼中，我们的形象是一幅两个女人的画：一个是年轻女子，另一个是老妇人，曾经像我一样年轻。

4

我母亲叫玛格丽特。她患有不断恶化的风湿症,病情越来越严重,令她痛苦不堪。随着岁月推移,活动能力自然逐步退化。

她以前在自己村子的学校里教过语文,死记硬背了莎士比亚的不少剧本。莎士比亚是她热爱的作家。在她看来,剧本中的角色就像村里的熟人一样是活生生的人。她特别敬重李尔王,痛恨哈姆雷特。她为奥赛罗的辩解尤其激烈,认为黛丝德蒙娜是在扯谎①。我小时候,这些剧本是她采用的德育教材。李尔王自然会引她再三重申训诫第五条——"孝敬父母"②。

---

① 威廉·莎士比亚(William Shakespeare, 1564 – 1616),英国最伟大的剧作家。这里提到他的三部主要悲剧。李尔王的悲剧在于不辨善恶。哈姆雷特王子为报弑父之仇被害。黛丝德蒙娜遭受恶人诬告死于丈夫奥赛罗的手中。
② 见《圣经·旧约·申命记》第五章。摩西率领犹太人逃离埃及。上帝在西奈山赐他十条训诫。其中第五条是"孝敬父母"。

THE STILLEST DAY

你要是以为她只是一位风烛残年的老人、一个胆小怕事的教书匠留下的寡妇、一位守着未出嫁女儿的母亲，那实在是低估了她。在我童年时，她好像遭受过突如其来的恐怖，那场触目惊心的飞来横祸，却以她一阵哈哈大笑的高潮而告终。不过那是多年前的事了。她行动不便已经好久，这身子束缚了她，她的思绪也只得屈服。

我父亲叫亚历山大 [①]。虽说也算是个名副其实的大男子，但他始终自认配不上这个名字。这个名字挂在另一个社会阶层上才合宜。他当老师，人们习惯称他"巴奈特先生"。就是最亲近的朋友对他也有三分敬意，觉得在自己孩子面前跟亚历山大说说笑笑有损他的尊严。所以他总是"巴奈特先生"，直到我教师培训结束，他去世时为止。

父亲去世后，学校理事会决定母亲和我可以继续住在我们的房子里。

---

① 公元前四世纪马其顿的亚历山大大帝因骁勇善战而著称。

理事会的最终决定权在于格朗特莱大人。我当了教师，本来应该住进校舍的单人房，离校长的住所近。可是因为母亲有病，加上父亲在学校多年工作勤奋，我们得到了一点照顾。

能否说母亲的病痛算是我的运气呢？人生的公平往往阴错阳差。有人遭难，甚至丢掉性命，却可能给别人的生活带来一定的好处。

就这样，在学校允许继续住下去的小屋里，我们保持着严格的日程。每天的安排一丝不苟。时光像烫平的亚麻布一般折叠得方方正正，每天被小心翼翼地放回到原定的位置。

七点三十分用早餐，吃面包、牛奶和乳酪。早餐后，我在母亲椅边的台子上放好一个杯子、一壶水和她爱读的几本书——《圣经》、《失乐园》[①]

[①] 英国诗人约翰·弥尔顿（John Milton, 1608 – 1674）的长篇诗歌，以上帝驱逐亚当和夏娃出伊甸园为题材。

和她正在重读的莎士比亚剧本。母亲几乎整天就坐在那把带扶手的大椅子里。

接下来，屋子里上上下下得收拾干净。地方不大，花不了多少时间。我身体健康，家里的事自然由我做主。八点三十分，我踏上天天不变的路去学校。同事知道我话不多，放学后也不跟我说三道四浪费时间，至迟四点，我就到家了。回到自己房间画画之前，有时会念书给母亲听，朗读一首她喜欢的诗或莎士比亚剧本中的某一幕。这是自幼养成的习惯，我们俩都愿意保持下去。

六点三十分的晚餐有鱼或肉，做得简简单单，配上一些蔬菜。晚饭后要是天气可以，就慢慢地穿过村子去教堂。我们俩总沿着一条老路走，在世人眼中这或许是典型的美德。

回家以后，常会有个男青年来看我们。他叫塞缪尔，大家都认为他会娶我。回想起来，他那时的确有这么一个显而易见的身份，是个合适的对象。他看来开朗大方，但只要仔细端详一下，你就会觉得他的目光黯淡无神，很陌生。

从清晨直至黄昏，习惯的堡垒中保持着一套雷打不动的程序，由回荡在校园中的铃声控制。在那个听从铃声的天地中，大家的思想驯顺地从一节课转移到下一节，井井有条，全是呓语痴话的汇集。

对权势的尊重微妙地指挥着学校里每天单调的举止行为。有权有势的人刚走过，诚惶诚恐、恭而敬之的教员立即换了一副面目。个个神气活现，颐指气使。一摆头，一抬手，学生们马上集合到位，精确程度与台上的芭蕾舞演员或者操练场上的士兵不相上下。

每天早上我站到校长斯洛普先生左边第二个位置上，恭听他抑扬顿挫地吟诵晨会的早祷。这以后，老师各就各位，去到学校里规定的地点，像是精心调节过的机械人在表演古典舞蹈。

我们的脑袋似乎抬到同一个虔诚的角度，那或许是因为基督教建筑有其特定的指向。学校的窗户和门框构成合掌祈祷的手势，把我们的眼光和思想引向天堂。

尽管校长的房子带一点诺尔曼特色①，校舍却是遵循奥古司特斯·威尔比·韦思默·普根的原则②建造的。格朗特莱大人是学校，也是其他所有设施的资助人。他自称完全赞同普根的建筑理念。

格朗特莱大人好像总是在嘲笑自己扬言正统。我早已注意到他的风格，很欣赏他。我认为他这样做非常聪明，不至于让人把他的话过分当真，抓

---

① 指公元十一世纪开始自诺曼底传入英国的建筑风格，以柱端叶状装饰、圆弧拱门、条形石雕图案为特点，有别于中世纪哥特式风格。
② 普根的全名是 Augustus Welby Worthmore Pugin（1812 – 1852），英国哥特复兴式建筑风格的主要代表人物。普根推崇中世纪教堂体现的精神价值，强调基督教对建筑理念的影响。他于 1834 年皈依天主教。

他的把柄。

"按照普根先生的原则盖学校是妥当的。巴奈特小姐，我们毕竟要培养处世为人能得体庄重的年轻人，对不对？"

"对，格朗特莱大人。"

"那么，巴奈特小姐，你或许可以为我画一幅学校的画？我知道要求画家照着实实在在的样子描绘，这不近情理。可是请你千万小心别把你自己的古典倾向放进画中。古典风格，有人告诉我，现在被看作一种异教①倾向。今天的世界并不太平……一个双方对峙的世界。"

"双方对峙，格朗特莱大人？"

"古典派对峙浪漫派，基督教对峙异教。可是从异教过渡到基督教已经有了很大的损失，你同意不同意，巴奈特小姐？得益多少还难说呢。可

---

① 指基督教之前的各种多神教，泛指非基督教。

是普根先生好像很肯定，他肯定的就该看重。"

"噢，这一点我肯定，格朗特莱大人。"

现在，当我抬头仰望我住处的建筑，有时会回想起这段对话。我会微微一笑，并觉得自己笑得有理。

5

因为我教绘画，有幸分到一间小教室，面积虽小，但光线好，我很满意。虽然光线以及光照的范围是画家主要关心的事，我却认为浓淡不一的阴影也重要。它们的作用常常被画家低估。

那一小块空间，很多人想要，但是分配给我了。算是格朗特莱大人对我的一份照顾吧。

"巴奈特小姐是画家。白天在学校，光线必须尽量充足。你会不同意吗，斯洛普先生？"

"我完全同意，格朗特莱大人。"

凡是大人说的，校长斯洛普先生一概同意。这已经习以为常，所以两者的关系相当融洽。

　　阳光通过高大的窗户照进我的教室，拱形的玻璃窗向上帝献上热诚的崇敬。窗户似乎被包围在弧形的橡木板之中。窗子顶上拱形之间有一幅圆形的、深蓝色的画，画的是《圣母领报》①。它仿佛在提醒大家生命是直接来自上帝的恩赐。那幅画，用格朗特莱大人的话来说，表明"圣子的降生与凡人无关"。它把我们的视线引向天堂，画家选中蓝天的颜色想必是为了指明升天的途径。

　　所以，小学生能从学校的建筑结构中领悟到不少基督教义。校舍的形状不对称，每个教室自成一格。教师把各自的区域视为属地，不容他人涉足。一年级的小学生有时会在迷宫般的走道里迷路，从而懂得方向是要自己用心辨清的。这是最佳的人生教育，尤其是精神生活。

---

① 圣母领报（*Annunciation*）出自《圣经·新约·路加福音》第一章。天使加百列对童女马利亚宣告，"圣灵要临到你身上，至高者的能力要荫庇你；因此所要生的圣者，必称为神的儿子。"（和合本）

　　每天我带着年幼的学生踏进这间明亮的教室。我首先着重讲解基本的素描原则。随心落笔、自由构思那种乐趣等以后再说。我认为掌握扎实的基本功以后才能得心应手。老师以前怎么教我，我现在就怎么教学生。尽职的老师就该这样。

　　偶尔，我会从格朗特莱大人捐赠的书中用心选出几张画在课上讨论。我教七到十四岁的孩子。我教完后，他们到附近镇上继续上学，或者回家在农庄上帮忙，要不就进那家工厂打工。

　　他们离校前，我觉得他们该学的我都教。其实那只是我知识中很小的一部分。我履行成年人的职责。非说不可的假话，我说了。其余的不必明讲，我的责任到此为止。

　　格朗特莱大人很赏识我的画，他经常向主教和来访的所有要人提起我。对于他的夸奖，我的反应总是很谦虚、很得体。但我心里明白我是一位艺术家。

我画的校舍和教堂，虽说题材平庸，手法却不一般。格朗特莱大人很赏识。因而我们约定每周四下午在庄园的温室里定期见面谈画。他母亲住在巴黎。每次他探亲回来，总会向我介绍一些新的概念。久而久之，那些新概念渗入我的潜意识，不知不觉在我意识里抹上捉摸不定的色彩。

他解释说，"速写"是捕捉脑中刚浮现的艺术幻象，用不多几笔把它迅速勾画出来。他接着引用德拉克洛瓦①的话，当时我还没听说过这位画家，"有人从楼上掉下来，你要是没本事在他从五楼开始到坠地之间这段时间里完成速写，那你就永远出不了不朽的作品。"

我琢磨着，人之坠落，见于生活，见于《圣经》。德拉克洛瓦是不是

---

① 斐迪南·维克特·欧仁·德拉克洛瓦（Ferdinand Victor Eugène Delacroix，1798－1863），法国画家，浪漫主义大师。

有意融合这两层涵义来探索人之坠落的后果[①]？

格朗特莱大人接着解释说，所谓"细部"就是入魔般地推敲人体或景物的各个局部细节。从初始的幻象深入到细致入微的局部。这里的讲究，他说得眉飞色舞。

再就是"底色"，即打底的色彩。格朗特莱大人随口列出一系列典型的底色，仿佛在吟唱一首熟悉的赞美诗：银白，那不勒斯黄，黄赭，黄褐赭，红赭，朱红，乳白，或炭黑，还有普鲁士蓝。他解释色调的搭配，像是在解答数学题。底色分三类：一类是各种浅色，一类是暗色，再有一类是介乎两者之间的半明半暗的各种色调。他最近才对介于明暗之间的色调产生了强烈兴趣，认为从明亮到黑暗，光线有不同层次。他似乎丝毫没有意识到光明可以瞬息变成黑暗。

[①] "人之坠落"指亚当和夏娃被上帝逐出伊甸园。见《圣经·旧约·创世记》。（和合本）

THE STILLEST DAY

　　这样，在我自以为内行的领域里，先前的概念要重新考虑，新的理论得以引入，我的视角也有了精细的调节。

　　夏日里，走在从格朗特莱庄园回家的路上，我有时会想，速写，细部和底色分别是最终作品完工前的一种准备。它们配合起来有象征的意义，适用于人的一生。格朗特莱大人谈画，我都听进了，其中不少看法我并不同意。"线条还是色彩，"他说，是美术界时下的争论①。我认为两者起互补作用，线条容纳色彩、制约色彩，不然色彩便会流散。因此我认为线条是画面的主宰。

　　我一生中的线条，我现在看清了，是古典式的。我原来还以为那些是浪漫主义的线条。

---

① 十九世纪法国新古典主义代表人物让·奥古斯特·多米尼克·安格尔（Jean Auguste Dominique Ingres, 1780 – 1897）与浪漫主义大师德拉克洛瓦就线条和色彩在绘画中的作用有过一场重要论战。前者注重线条，后者强调色彩。

6

我自幼就认识塞缪尔·济恩斯，两个人一起散步却是五年前才开始的。塞缪尔并不急着成家。父亲的农庄要他管,分不出心。农家主妇光会体贴丈夫是不够的。我不适合那种生活。这一点,我想他父亲一定跟他提过。

事情往往就是这样:在他父亲眼里,我并不合适。他不能完全无视这一点,但这一点在他心里同时激发别的想法。塞缪尔劝我放心,也许他觉得这才算是个男子汉。不管怎样,他对我的追求很有分寸。

塞缪尔与我攀谈起来常常提到爱情。办大事前几个月,拿我来说是前几年,至少要讲讲感情。大家说这是婚姻大事的一个前提,我们也就信了。

夏天的傍晚,我们三个,母亲、塞缪尔和我,坐在我们家的小院子里聊村里的事，谈他家的农庄。不管有没有外人，母亲总是坐在我们两个中间。旁人看来十分得体，我们也有同感。

我和他散步到村子尽头再返回，按照某种规矩，身体之间保持一定距离。还没成婚的一男一女要间隔多远才算符合体统，这条规则近似数学公式。我们心照不宣，保持着分寸。我们沿着一定的路线穿过村子，沿途窗户背后必定有人窥视。旁观者们在等待，终身大事肯定快要定了。

或许由于一拖再拖的缘故，我逐渐对求偶的礼仪规则失去信心。我甚至可能对自己说过，没什么大不了。办大事，接下来生个儿子或女儿，那是自古以来打发岁月的办法。先是父母照顾子女，然后子女照顾父母，又一条恒久不变、周而复始的规律。人人如此，我也得俯首就范。

塞缪尔走出与我结婚这一步，不是一个轻易的决定。也许这就是为什么我们之间的身体接触受到制约。我们俩会手拉手、接吻、身子依偎在一起，但是这种接触总是稍合即离，适可而止，不至于使我们为微妙的动作、张力、颤动感到羞愧。那种微妙的反应是冲动的前导，会导致不可挽回的、更完全的结合。自此之后，一切全都变了。

可是我仍然珍惜这种日久天长的追求。我不是一个无人问津的女人，我仍是一个成家有望的女人。

母亲的问话还在我耳边回响。

"贝塞斯达，贝塞斯达，听得到我吗？"

母亲和我很少谈婚事，我们两个人总是提防触及婚姻的话题。

"听到了，妈妈。"

"塞缪尔从没提过成婚的事吗？"

"没有，妈妈。"

"这么久了还不提？"

"这么久了还不提。可是,妈妈,你和我上次谈过这事,还不到六个月。"

"是我多事吧?"

"不是,妈妈。"

"你爸也许有办法跟他谈谈……"

"男的跟男的会有话说?"

"可不是。我嫁给你爸爸时才二十四岁。"

"我知道,妈妈。你三十岁生下我。"

"等了好久,提心吊胆的。我们俩都担心。你爸爸想要几个孩子,可我只生了你一个。"

"独生女,只有我。"

"他有了你,高兴极了。"

"我知道,妈妈。你总说给我听。"

"他不是个能说会道的人。你想当老师，他可高兴了。"

"我知道，可我不懂自己为什么要教书。那会儿，我的选择是明摆着的。从小就听他说：'要循循善诱，不要强迫灌输。'似乎很有道理。再说，我教的内容没多少独到的见解，也没有什么需要诱导启发的。"

"我还以为你喜欢教书呢。"

"喜欢？不对，我看不对。不过能教书就该满足了。"

她笑了，笑容让我明白她知道我的满足不过是聊以自慰。

7

奥平顿老师星期天早上突然死了。他是我隔壁邻居，教语文教了三十多年。去教堂的路上，他顺着陡坡往上走。那是他常走的路，因为他是一位十分虔诚的信徒。还没到山顶，他就突然无声无息地倒下了。

教友们匆忙朝他围过去，遮挡了他的视线，因此他最后一眼未能看到苍天。他一生中的最终景象是一圈张皇的脸向他逼近，越逼越近，把光线完全遮蔽。

村里人后来安慰奥平顿太太说，她丈夫在这个世界上的最后一程是往上帝那边走去的，他的灵魂想必会继续那个历程。这话似乎让奥平顿太太心里好受一点。她不久就离开村子，去跟克莱尔住，他们就生了这个女儿。

奥平顿太太无疑是去帮女儿女婿做家务。女儿女婿，也许算是一种叛逆，五年里生了三个儿子。依我看，当妈的兼当三个孩子的外祖母，那一家子不会有太平日子过。不过，这种事旁人只能猜测。

因为我憧憬的男女结合几乎没有容纳孩子的余地。而且我的家是我把梦想变为行动的地方，我家屋里的任何房间都绝不允许父母涉足。

我梦中的奇特舞蹈从何而来？那一套舞步让有些男女消魂。他们身后的人却气急败坏、精疲力竭，有点跟不上节拍。那些人耳中的舞曲总是慢了一拍，使他们心烦意乱；要不，在他们听来猝然飞扬的一串琶音叫他们手足无措。他们辛辛苦苦地徒然巴望收到不该他们收到的意外邀请，结果是卷入自我的灭亡。是美术、小说、还是诗歌引发这些难解的愿望？要不，只是我在做梦？从而在梦中发现自我？

奥平顿老师不是个有梦想的人。我们两家只隔着一道墙，透过墙壁，隐约传来忿忿不平的话音。偶尔我会听到他们互相厮打，由此能猜到他们婚姻的真相。

奥平顿再也不会回到小屋里来了。他住在小屋的时候，夫妻俩像两大件笨重家具，搬来放置停当以后再也没有挪动过。

他俩在各自固定不动的位置上教导克莱尔，直到女儿大吵一场后离家去跟丈夫住为止。她丈夫嗓门大，身子粗，差点儿砸了奥平顿家的家具，把他们一家闹得天翻地覆。后来说定了婚期，快快成了亲，才平静无事。

母亲常说，女儿如果给家里人带来女儿家的耻辱，那会让全家人在众目睽睽之下蒙羞含辱。这也许是给我的一个警告。我们母女俩心里明白，要是在村里丢了脸，那么整个家族就会世世代代抬不起头。久远的罪孽还会重现，几乎像《圣经》一样流传不绝。

　　我在这个特定的地方吸取过他人的教训，他人也一定吸取过我的教训。

我的教训将会是年长日久的告诫。

8

他那张雨中的脸是我第一眼的印象。他的脸仰望着苍穹，倾盆大雨扑面而来，雨水顺着白皙的皮肤往下淌。在那一瞬间，我想扯散自己的头发去抹干眼前那张陌生而神奇的脸。

我背靠我家的前门，身子压紧放在背后的双手。我害怕一松开，那双手便会松开自己的头发。我会就此毁灭。

他轻轻地推开新家的前门，门开得勉强，似乎不愿意让他通过。门还是开了，他终于踏进去，不见了。原先是奥平顿先生的房子，自他去世后，就空荡荡地挨着我家沉睡。

他是接替奥平顿先生的新教师。他先来，肯定是要为妻子做准备。我听校长宣布，知道他已经成家。这些，我知道。所以我什么都知道。那一位就是他，他就是那一位。我知道的就是我想知道的一切。

我悄悄返身进屋，在过道的落地镜子里呆呆地端详自己的脸，苍白、沾着雨水。覆盖在我脸上的是他留在我眼里的脸容。它的轮廓在我脸上如此清晰，两张脸似乎合成一幅肖像。

我知道镜子会制造离奇的幻觉。我们游移不定的眼光捕捉到的映像会被误认为是我们自己。镜子反映的真实形象不堪入目，于是我们就借助精神的力量重塑视觉，非得相信子虚乌有的假象才行。

突然，我脸上感觉好像他的面容从我的脸上被剥离，露出我赤裸裸的本来面目。那张蒙在我脸上半透明的面罩被星星点点的亮光贪婪地吸进镜子的深处。

绝望中，我把脸紧贴在镜面冰凉、坚硬的反照上，几乎透不过气来。但是我仍然抓不到那张脸。他的整个脸庞正在隐退。我用双手压紧自己的脸，竭尽全力企图把他的容貌轮廓按进我的肌肤。可他照样抽身而去。惶恐中我瘫倒在墙边。

我现在只剩下回忆。那张我想抓牢、永远凝视的脸只是我的回忆。我不由自主感到必须马上行动，我冲向楼梯。从母亲那边传来惯常的问话：

"贝塞斯达，是你吗？"

我喊出惯常的回话：

"对，对，是我，妈妈。"

我慌慌张张、跌跌冲冲踏进自己的房间，害怕会永远失去眼前那个美丽的形象。我闭上眼，发狂般地在脑中捕捉雨水从他脸颊上淌下的那幅画面，想牢牢记住面纱般的雨水中他时隐时现的容貌。我能在不断的流水中捕捉到一秒钟的自我反照吗？

我房间的墙上挂着各式各样的镜子，都是祖母给我的。我选中一面镶在珍珠母框里的椭圆形小镜子，慢慢地、小心翼翼地把他的脸画在镜面上。

我画的是我第一眼的印象。那张脸好像已经与躯体分离，飘浮在如水的镜面上，要把我的脸抓去盖上。我要画出他刚才的面容，它的线条清晰地印在我的脸上。当我久久凝视着反照、折射在镜子里的脸时，两个人的皮肤，头发和骨骼在闪烁不定的光线中汇合成一体。我的面容突然变得别具一格，因为它被反映在另一张脸上，唯一的那张脸上。镜中是我们的梦，我们的梦便是我们的现实。在梦幻的现实中，我们俩结合在一起。

在我第一眼的印象中，他脸上淌着水是为了让我止渴。他的面孔泛出银白色的光辉是为了让我永远摆脱黑暗。要是我想休息，他的头发会像乌黑的丝绒立刻把我遮蔽，让我不必看到这个世界。休息以后，我可以再次转向那张美丽、优雅的脸，汲取它银白色的光辉。在我第一眼的印象中，他的脸若明若暗，我在他脸上看到日夜交替的生命节奏。

THE STILLEST DAY

　　祖母给过我两块披肩——一块用沉甸甸的银线织成，另一块用金线。那是我珍惜的礼物，祖母传给我的纪念品。我很少用，只有在特殊的夜晚，每年在格朗特莱庄园庆祝新年和夏至的盛会上，才会披上两块披肩。

　　我拿起已经画上他脸的那面椭圆镜，用银丝披肩小心地把它包好。我在想银色最能表现他的白皙。我把镜子放在衣柜底层的抽屉里。这个詹姆斯一世时代风格①的衣柜是从祖母家搬来的。我希望他在衣柜里平平安安。家里不就我一个人。虽然母亲已有多年没进过我的房间，寸步难移的病人说不定什么时候会突然到来。

　　我站在自己房中，浑身打战。现在有两个人一起住在这里了。我明白什么都得改变。我以后的举止必须更加小心，万万不能让他看到任何不雅

---

① 苏格兰国王詹姆斯一世（1566－1625）在英格兰伊丽莎白女王逝世后成为英格兰和苏格兰的国王。他在位期间的室内装潢风格是伊丽莎白时期文艺复兴风格的延伸。

观的举动，产生反感。

在他面前，我不会取下发卡，不会整理衣着。我不愿让他觉得是他的眼睛在决定我的一举一动——那双眼睛或许能从镜子深处透过衣柜厚实的木板看到我。因为我要他与我一起生活在我的房间里，我不会不尊重他。我不会背叛他。我无法背叛他。这样，我才永远不会失去他。

另一种恐惧随即吞噬了我。他眼中是否有什么含意是我不敢正视的？或者我的眼光从他的眼里回视自己的眼睛时，是否有什么是我不敢正视的？或许我永远不会有勇气再看一眼他的容貌？或许他那张裹在银白色薄膜中的脸必将永远埋葬在衣柜的实木墓穴之中。

我看到一张脸。这个特殊的形象已经揭示我的命运。凭我由衷的崇敬之心，我已经找到自己的上帝。

THE STILLEST DAY

　　我第一次见到他就是这样的一种情形。这第一眼，正如第一年间发生的事，无法预示那最后一眼。

9

从那时起，我的躯体和灵魂似乎分离了。我的灵魂沉迷在秘而不宣的崇拜之中，留下孤独的肉体，孑然一身，沿着习惯的路线不偏不倚地踏过一成不变的钟点和一成不变的日夜。我原以为自己的内心与表面的日常生活相安无事，我的躯体足够成为心灵的依托，甚至可以为它提供可靠稳妥的依托。

在以往的日子里，刻板的行动重复日常的节奏。我由此以为可以得到永远的庇护。但现在我的举手投足像葛佩丽亚①一样呆板生硬。

在家里，我开始觉得我们的房子跟那一家过于接近，一起受到某种巨

---

① 葛佩丽亚是同名芭蕾舞剧中的一个玩偶。一个青年男子追求这个玩偶。制造玩偶的发明家企图用他的生命将玩偶变成活人。

43

大能量的控制。两家紧挨着，仿佛在同一片乌烟瘴气之中分不出你我。在我心目中，支撑着对称屋架的那堵隔墙变得晃晃悠悠、险象四伏。

他在那边走动。每个房间的大小、形状、空间、格局，我都知道。他的行动位置，我心里一清二楚。不论他走到哪儿，我想象自己是个无形的精灵，追随着他。

我能够尾随他进入他的地域中最深远的角落。他到达的每个地方、每个位置，我都能紧随在后。穿过那扇沉重的窄门，便是陡直的楼梯通往同样狭窄的过道，我进入一个又一个房间，它们对称的格局反映一种徒然的愿望，那就是所有的事情最好都四平八稳。

所以在他自己家里，在他以为可以完全避人耳目的地方，他无法躲开我心目中的眼光。

由于我用心去听那种不曾说出口的话语，实际的交谈便变成遥远的回音。母亲、格朗特莱大人、塞缪尔·济恩斯，他们的话音好像一片含混的回响在空中轻轻地飘荡。我与这个世界的交流陷于一片沉闷的噪声，催我昏昏入眠。真正的我却在反照的映像中与自己絮絮谈心。

从那时起，我便像在催眠状态中走向万籁俱寂的那一天，似乎听到那一天的音乐从远处飘来，诡秘难解，可怖可骇。

10

我还记得她刚到的那一天。她矮矮的，怀着孩子。因为个子矮，挺着个大肚子，显得不甚雅观。我正要出门，她看了我一眼，微微一笑，也许因为害臊，她没搭话就走进她的新居。这房子原来属于奥平顿老师，格局和我们家的一模一样。

奥平顿先生的阴魂现在要与陌生人做伴。这房子见证了他的死亡，不久会看到新生命的诞生。房屋不能自作主张，怪可怜的，只能听任主人摆布。也许房子会有自己中意的住户，却像训练有素的家仆，它们必须唯命是听，彬彬有礼地照顾所有的主人，忠于同样的职守。

有个年轻人跟在她身后，抱着一个沉重的橡木衣柜。他个子高大，肩宽背厚，却长着一张引人瞩目的圆脸，几乎像个女人。我心里想：他的女人相貌像他姐姐，会不会使他感到难堪？小伙子力气挺大，衣柜的重量完全不在话下。接下来，他捧着另一个衣柜跨过门槛。屋子里就此按照新主人的趣味布置起来了。

按村里的惯例，有新搬来的人，大家都会送礼表示欢迎。母亲和我等了一两天才去，怕人家把我们的诚意误解为多事。她是星期一到的，我们议定星期三去走一趟。这样比较合适。

我们略商量了一下，决定送去一些自己园子里的圣诞玫瑰①。于是我们捧着花，慢慢地走过去，母亲一如既往抓着我的胳膊，像猎鹰一般攥得紧紧的。奥平顿先生、奥平顿太太，还有他们的女儿克莱尔这一家三口，一直是我们的邻居，可是说走就走，住户一下子就换了，有点让人于心不忍。

---

① 圣诞玫瑰（拉丁名称 Hellebores Niger），不是玫瑰而是英国常见的一种多年生五瓣草花，通常是白色或粉红色，在冬季和早春开花。

THE STILLEST DAY

即使人来人往这类小事也有一套古老的规矩。他们家门上的铁环是狮子的头形，小时候总是让我想入非非。这会儿，我轻轻提起门环，尽量少发噪声，通报了我们的到来。

"我是贝塞斯达·巴奈特。这是我母亲，玛格丽特·巴奈特夫人。"我伸手把花递过去给她。"我们都希望你们跟我们快快乐乐地做邻居。"

"噢，我们肯定会是好邻居。"她眼神活泼，嗓音柔和。"我叫玛丽·皮尔森。快请进。"

母亲走走停停，吃力地沿着走道往里挪动。女主人在前面引路，她的步子沉重迟缓，出于不同的原因。踏进起居室的时候，我又一次注意到他们的房间跟我们家的十分相似。两者之间的差别只在于他们家以粉红色为主，还有一个特大的高靠背长椅。除此以外没什么不同。

我们喝着茶，起初有点不自然，无话可谈。母亲和我都没有问孩子会在哪天出生。这事不能随便提。母亲从村里人那儿听说，按成亲的日子算，肚子通常不该这么大。私下里，母亲对我说过，看身子，可能没结婚就有了孩子，或许是有了孩子才把这事儿定下来的。

她这话不够厚道。她总要想到别人的困境才能减轻自己的痛苦。她受过的折磨允许她给自己免除某些必要的道义。我了解她，知道对她来说最容易放弃的便是仁爱。她是她自己的信仰，希望已经成了习惯。仁爱这个美德却绝对不是她天生的品格[①]。

我们和玛丽·皮尔森谈学校，谈她丈夫热爱的英文课，还谈到他对诗歌的热爱。像我母亲一样，他显然也能大段大段引用诗歌。实际上，莎士比亚剧本中的一场又一场，他都能引用，还有《失乐园》中的许多段落。

① 据《圣经·新约·歌林多前书》第十三章，使徒保罗说，"如今常存的有信，有望，有爱；这三样，其中最大的是爱。"（和合本）信仰，希望和仁爱是基督教提倡的三大美德。（和合本）

我稍稍提到自己喜欢绘画。她打断我的话，告诉我她丈夫听人说大家非常看重我的画，我听了很高兴。

玛丽特别照应我母亲，凑过去为她捧上亲手焙制的小蛋糕。过了一个半小时，我们告辞了。

玛丽·皮尔森讲到她丈夫时，活泼的眼神没有特别的闪光，也不特别黯淡。说到丈夫的名字，她的声音轻轻带过，声调起落中听不出一丝虚情假意。

11

他第一次来我们家，我记得是这样的。

"你哪天生孩子，我亲爱的玛丽？"

母亲和玛丽·皮尔森现在已经熟了，或许因为都是当母亲的，共同的经历使她们团结在一起。一位已经度过了那残酷而奇妙的阶段，另一位才刚刚开始。在这件事上，玛丽·皮尔森已经没有选择的余地。怀在身子里的胎儿必须出来，死拉活扯也得出来；也许胎儿不愿离开娘胎，但这也是没有选择余地的。在我看来，怀胎是种神秘境界，它的束缚使人几乎无法忍受。多少人从那种神秘境界回来，带来奇怪、可怕的故事。

"三月里，想来是这样，巴奈特太太。"

"听人说，身子这么……大该是个男娃娃。"

"我也听说过，巴奈特太太。"

"那么皮尔森先生呢？他想要儿子吗？"

"也许想吧。不过他从来没说过想要男的还是女的。他过一会儿会来接我，你一定得告诉他你猜是个男孩。"

她们这么聊着，我在煮茶给母亲和那位眼光明亮、肚子滚圆的客人喝。我上完课提早回家。明天的一堂课需要加时准备。我把茶具摆在她们面前，然后转过身，平静地朝门口走去。凭直觉，我知道此时此刻他正站在我家门外，我由此做出反应。我开门的时候，他正在提起门环。我轻声说：

"皮尔森先生。"

他的手垂落到身体一侧。我看清了那修长的手指，指甲剪得整整齐齐，大拇指略微往外翘。

"巴奈特小姐，晚上好。我想我妻子在你们这儿。"

"对，皮尔森先生。"

他随我沿着不长的过道向她们走去，女人中的一位男士，其中一个女人怀着他的孩子。他说不喝茶了，他的手搭在妻子的肩上。我发现自己又有端详那只手的机会。指尖自然有墨水的痕迹，手掌上似乎有一道疤？当他的手从妻子的肩上移到她的肘边帮她从椅子上艰难地站起身时，我看到他的手掌。

"巴奈特太太，让你招待我妻子，真过意不去。"

"哪儿的话，她能过来看我们，太好啦。我现在行动不方便，有客人来，就挺开心的。你等孩子出生都等不及了吧。我说，皮尔森先生，你一定会有个儿子。"

"为什么，巴奈特太太？"

"那是因为，我跟亲爱的玛丽说了……她的身子，论日子，挺显大的。"

他毫无反应，只是微微一笑，说道：

"这些事，我是外行。"

"我也不懂，"玛丽马上接嘴。她们俩，丈夫和怀孕的妻子，一起走了，留下我们母女俩。他俩是一对，我两也是一对，各自关在一模一样的小屋子里。两家的屋子紧挨在一起。一家屋子里住的是夫妻，一男一女挨着身子躺在一起。

他们告辞以后，我讲了一番真是美满姻缘之类好听的话，然后躲进自己房间做我的事。在一面有把手的银色小镜子上，我先勾出轮廓，然后把他那只手的形象转移到镜面上。那面镜子在我的衣柜顶上已经摆了很久，干干净净的，和发刷、梳子配成完整的一套——那是我成年时，父母送我的礼物。

我把他那只美丽的手画在镜子的右下角，手掌张开，表示在接受什么。

画的是右手，我自认画得不错。

画着画着，我想到从陌生男人身上，女子通常只能看到脸和手，偶尔会看到胳膊。在陌生女子身上，男子却能看到更多。夏日的傍晚，从绸子或棉布袖筒下伸出的光溜溜的手臂；在乡村晚会中，有人陪伴的女子按惯例露出精心粉饰的肩膀和颈项。正当的诱惑是自古以来的一种安排。

我在画的时候，他镜子里的手在我脸上拂来拂去。画完了，我仰望着举过头的镜子，他的手掌似乎在抚摸我的头发和眼睛。我听任他手掌的动作。

12

格朗特莱大人

　　　　　　　　　　　　　　　　恭请

玛格丽特·巴奈特太太和贝塞斯达·巴奈特小姐

光临

格朗特莱庄园

新年舞会

　　塞缪尔不喜欢跳舞，但他还是陪伴母亲和我穿过格朗特莱府邸中挂满织毯的、长长的门厅进入客厅。每年格朗特莱大人把客厅改成新年舞会的大厅。今天晚上，大厅泛出的粉红色调是典型的英格兰肤色，纯洁无瑕。

不过这也许是一种精心装点出来的纯朴。客厅的色调一旦发生微妙变化，我们可能会相应有所变化。

伊丽莎白式壁炉的两侧分别挂着四幅浅玫瑰色的画，每一幅都配有圆形图案和卷筒状的边饰。叶环、小天使和满载着花果的角状盛器环绕着美丽的田园风景画。整个大厅仿佛是阳光普照下的一片深秋园林。壁炉对面的墙上挂着厚厚的丝绒帷帘，从天花板垂到地板，深沉的金色底子上画着五彩缤纷的各种飞鸟。以帷帘和画板为墙壁的四方天地中，内外界限消失了。我们穿过房间，仿佛置身梦中，沉醉在一片温煦的、玫瑰色的境界中。

有些女子在等人邀请跳舞，还有些妇人在一旁观察她们。母亲加入了观察者的行列。塞缪尔引我踏进舞池，笨拙地领我起舞。上天无意让我们的舞步协调配合。

回旋中，我脑海里突然印上马修·皮尔森的脸容。那只是短暂一瞥。

他的脸瞬间消失在舞厅另一端摇晃变动的人浪中。可是他的身影忽然再次出现，和他妻子随着旋律翩翩起舞。我注视着他，看到他小心地伸出手臂，护着妻子挺出的大肚子。我发现他的舞步比乐曲的节奏慢了半拍。玛丽·皮尔森穿着蓝色裙子，色调和她很配。她的体型已经说不上风度，所以她明智地选择了适当的色彩来打扮自己。

我穿的是白色，头发梳理得比平时更讲究，别着蓝色天青石发夹。那是我领到教师证书那天给自己买的礼物。我们相互鞠躬，一边是马修和玛丽·皮尔森，一对名正言顺、生儿育女的夫妻；另一边是塞缪尔和贝塞斯达·巴奈特，尚未成亲、不曾同床。乐曲结束了。塞缪尔和我往母亲那边走去。不到几分钟，马修和玛丽·皮尔森也到了。母亲拍拍一个难看的深绿色坐垫，玛丽·皮尔森笨拙地在垫子上坐定，宽大的蓝裙子完全遮盖住刺眼的深绿色。我站在两位男士中间，三个人的位置似乎在向过去和未来的母性致敬。

　　"拖着好几个月的身子,我得承认,应付不了圆舞曲,巴奈特小姐。"
玛丽·皮尔森一边说一边轻轻喘气。

　　她为什么总是称我巴奈特小姐?

　　"我意思是,贝塞斯达。马修总是称你巴奈特小姐,所以我也跟着这
么称呼。"

　　"你总是很得体,我亲爱的。"

　　"啊,谢谢你了,巴奈特太太。"

　　母亲似乎迷上了玛丽·皮尔森。也许是因为母性?凡是当母亲的大概
都想交流这方面的情感?要不,是玛丽·皮尔森特别讨我母亲欢心?"独
生女"没有偏爱的涵义,永远不会有。

　　"马修,你是不是……?"

　　玛丽看看我,又看看她丈夫。

THE STILLEST DAY

　　"巴奈特小姐，请允许我……"

　　马修·皮尔森在问我是否愿意与他跳舞。他一说，塞缪尔立刻在我母亲身边坐下，好像如释重负，免去了领我重返舞池的职责。

　　保持着礼仪规定的距离，我站在那个瘦高个男士的对面。他的身体和我的身体之间间隔不大。当我凑近他的时候，他的双臂似乎展成一条直线，像十字架上的横杠。我的一个手掌按例搭到他肩上，一个祈求上天赐福的手势。他的肩胛骨上有一处稍稍隆起，我掌心里感觉得到。那是他骨架中一个细微的缺陷。

　　我没有抬起眼睛，眼光自然而然落在他头颈上。他的颈项使我想起那个女人的故事。犯下自刭之罪 ① 之后，她被赶来抢救的医生亵渎。流着血

---

① 据《圣经·新约·歌林多前书》第十三章，使徒保罗说，"如今常存的有信，有望，有爱；这三样，其中最大的是爱。"（和合本）信仰，希望和仁爱是基督教提倡的三大美德。

的脖颈激发医生的兽欲，使他自取毁灭。这场悲剧发生在我母亲的村子里。

每次讲完这个故事，母亲总是长叹一声，"唉，可怜的男人。"就她而言，

那声叹息显露她灵魂中非同小可的仁爱。这便是我眼光落在马修·皮尔森

脖颈上时脑子里闪过的念头。

"巴奈特小姐？"

"嗯，皮尔森先生？"

"我有点抱歉，恐怕是我妻子硬要你跳这场舞。你当然是想跟塞缪尔

跳。我很抱歉。"

我的眼光仍然没有从他的颈项上移开。

"皮尔森先生，我接受你的邀请跳舞，确实是因为我自己喜欢。"

"你这么说，我才放心了。那么，巴奈特小姐，你或许可以看我一眼。

玛丽正瞧着我们，她的神气好像在说我惹你生气了。"

"你一定很了解妻子的表情，隔这么远都看得清清楚楚。"

"我们俩从小就认识。"

"那你看着她的脸一天天长大？"

"这话说得稀奇。不过，说得不错，她的脸我眼看着一天天长大。"

"为什么是她的脸……你盯着看呢？"

"说来伤心，我唯一的妹妹八岁去世了。那年玛丽家搬到我们村。玛丽的长相，虽说跟我妹妹不完全一样，却很相像。她让我母亲多少得到几分安慰。"

"她很能赢得母亲们的欢心。"

"是啊，她是个地道的妇道人家，尤其现在。"

"玛丽跟你成亲，你母亲一定很高兴。"

"不错，玛丽和我的事亏得母亲大力撮合。"

"那你父亲……？"

"我父亲对这类事难得表态。"

音乐停了，舞蹈结束了。虽说曲终舞散是必然的，我们还是吃了一惊。我的手从他肩上收回。跳舞时感觉到的那块稍稍突起的骨头似乎在我的手心里留下浅浅的印痕。他颈脖的样子我能清晰地回忆起来，像一块十分柔软的丝绸披拂在我的脸颊上。想象中的颈项和肩骨在我皮肤上留下印记，宛如一张铺开的网，盖上我的全身。

马修·皮尔森送我回到双方观察员所在的位置。我们走近时，他们在微笑。母亲坐在塞缪尔边上。他是我名义上的舞伴。可以在我的生活中享有其他种种特权的人是他。母亲的另一边坐着马修·皮尔森的妻子玛丽，正盼着做母亲，正在等他。

这里讲的是我如何第一次触摸到他。

13

走出现实的第一步往往不会一步了事。诱人的想象会在阴晦的心灵通道中向我们招手再招手。

触觉现在与视觉汇合，创造出一片幻觉。海市蜃楼突然呈现逼真的轮廓和细节。肌肤的白皙多么真实，骨突的形状多么确切。第一次的触摸，就像第一次的目睹，引我进入更深的梦境。

他的手按在我的背上，再轻微不过的触摸却迫使我的血液放慢速度，几乎要停顿，随后在血管中恢复循环。一切都变了。他触摸到我，就此改变我人生的流向。

身体在舞池中的接触，虽说只是一合即离，却给我输入神秘的生灵，在我体内循环流动。它，像毒品一样，使迷梦中的灵魂离开习以为常的实

际生活越来越远。一种甜蜜的淡漠降临到我的心中。我还在刻板日程的周

缘漫无目标地游荡，莫测的空虚却似乎已经吞没我的生命。

14

但是即便在梦中，人也会得一望十，欲望会越来越难以满足。我现在渴望有一面更大的镜子，能让我按实际尺寸画出他肩膀的线条。

门廊里有一面长镜，是它第一次把他面部的线条反射到我的脸上。按它的尺寸大小和象征意义，是再合适不过了。可是这面大镜子的失踪会引起母亲注意。我得找个理由。我是个聪明女子。依我的智力，这不是一个解决不了的难题。我开始意识到，凭我的心计，办成此事不在话下。奇怪的倒是迟至今日才显露自己的狡猾。

想方设法哄骗她，我并不感到内疚。多少年来，母亲是我心中背负的十字架,负担越来越重,我毫无怨言。那位帮助耶稣扛十字架的妇人[1]是谁?我记不得她的名字了。但是我,贝塞斯达,正在背着自己的十字架。许多年来,我也弯着身子,尽自己的责任减轻母亲的痛苦。因为我有力气,所以能把长镜挪进自己房间。

第二天早上,我对母亲说:

"我不想让你看到破镜子,妈妈,我知道你有多迷信。"

接着,我微带笑容说:

"晚上你睡觉的时候打碎的。我打算以后在镜子的位置上挂一幅画,大小形状配准了墙上的痕迹。"

"你真是多才多艺,贝塞斯达。"

"那将是一幅给你看的画,妈妈。"

---

① 据《圣经·新约》,为耶稣扛十字架的是一个男子。

"贝塞斯达，你该画自己喜欢画的。你为别人做事够多了。"

"那就由我决定吧，妈妈。希望你会喜欢。"

另找一面大小相仿的镜子得花时间。我们不是没钱，可是能花在装潢上的钱还是挺紧的。

虽然我的胳膊和手心曾搭在马修·皮尔森肩膀前部，但是我要先画十字架，那个形象在跳舞时第一次出现在我脑中。

我把长镜放进我的衣橱，靠紧后壁，藏在衣服的后面。我总觉得衣服应该是深色的。每次打开衣橱，那件白色长裙就像黑夜中的一道月光。我把白色长裙像婚纱一样，平放在床上，再把那些死气沉沉的深色衣服推到一边，用缎带拦腰束紧，那些衣服看起来像一条有多层裙摆的裙子，配上了浅绿色的缎子腰带。我双膝跪地，借着从一扇边窗透进来的暗淡光线，用土红色绘出一个色调深沉的木头十字架。十字架似乎在呐喊，要我添上圣像的头部和双臂。但我克制住自己，画上马修·皮尔森的双肩，被上衣遮盖的双肩。深蓝的夜空在那个时刻变成漆黑。

我自己的脸反照在镜子里，被蓝黑色和土红色的线条分割支解，看上去像是一个在梦中勾引男人的女妖，无声无息，凶险残忍。我觉得自己在吸收他人，同时也被他人吸收。我遮住自己的脸，驱散眼前的形象，走到房间中央。

我意识到自己现在已经拥有一套镜上画，有他的脸容、他的手掌和他的双肩。那是一系列精心绘制的细部。

那天晚上入睡之前，我躺在他的这些部位上，它们吸收了我的反照。我们的交合像冰一般明净，寒光闪烁彻夜不熄。不论在梦中还是在现实里，他与我共枕，在镜面反射的夜色中微微发亮。

后来我筋疲力尽地躺在床上，感觉到他在隔壁房里走动，觉得他在向我靠近。清晨,我的身体随着他下楼的脚步声左右摇晃。

这样过了一个月。一个钟点又一个钟点的工作,一个星期又一个星期的工作,那是我的实际生活。我按部就班地度过了三十天,看上去没有丝毫变化。好像没人注意到我脸上和身体上已经被画上一幅精工细笔的画,由不同的色彩、形状和形象构成。

他们看到听到的只是贝塞斯达·巴奈特,以为她仍然是他们熟悉的那个贝塞斯达·巴奈特。

15

"**我**可是想你呢，贝塞斯达。"

"我在这儿，塞缪尔。"

我们正往格朗特莱庄园的大门走去，这便是我们的散步，似乎这片风景属于我们。塞缪尔·济恩斯肩宽背厚，大胡子，眼睛呈深褐色，久经风吹雨打的皮肤黑里透红。他是种地的，知道土地会给人报酬也会给人惩罚。所以尽管体重不轻，他踩在地上很轻巧，好像小心翼翼的。

从他那天的口气里，我听出他有点担心。

"我想要娶你，贝塞斯达。我想这样一路走着，我自己心里知道我们会回到自己的家，以后就一直在一起过。我想……"

"你这样想，塞缪尔，可从来没有明说过。"

“但是你一直懂我的意思，贝塞斯达。”

“可悲的是女人常常会误解，以为自己领会了没有明说的意思。要是男的不说个明白，尤其如此。”

“我现在正说着呐，贝塞斯达。你能成全我……？”

“啊，塞缪尔，是你成全我。这份荣幸，我妈妈盼了好久，你父亲或许担心了好久。”

“我父亲非常佩服你，贝塞斯达。可不是，昨天他告诉我格朗特莱大人非常赏识你的画。”

“格朗特莱大人的夸奖肯定不能打消你父亲的顾虑。我对农活一窍不通，只会教书、画画。称不上是他理想的儿媳。”

“别笑话我父亲了，贝塞斯达。你的事，他也担心，跟担心我的事一样。”

“那么，是什么消除了他的担心，塞缪尔？是格朗特莱大人的赏识？”

"我今天向你求婚，贝塞斯达。没料到会有这番话。"

"哪里出了格？"

"弄不明白……让人挺伤心的。"

塞缪尔有时会让我吃惊。听他说话，好像那个大个子里藏着另外一个人，一个我不认识的人。不过，他也不了解他想娶的那个妻子，不了解曾巴望嫁给他的那个女人。他已经从画面的前景被移到另一个部位，对全景效果仍然有重要的作用，但已经不是作品的主要意图。

跟塞缪尔，我现在可以调侃一番。他不知道我内心的秘密，所以我占着上风。这种蒙骗挺好玩的，因此我不拿他当真。我留意观察他越搞越糊涂，他困惑不解的神情引不起我的同情。不过，我还不能因为自己占了上风而过于任性。要是过于任性，我表面生活那副框架中要失掉一个关键人物。

"是不是你怕丢了教师职位？"

女教师一结婚就得放弃职位。不过，照我的情况，大概会在一个学年里让我教点外加课时。格朗特莱大人热爱美术，学校完全明白。而且，资助人的要求，不论大小，斯洛普校长会一概照办。

不是那回事，塞缪尔，你理解错了。想到他的误解，我挺满意，但是我没有说。

"格朗特莱大人也许可以……"

"不，塞缪尔，那不是我担心的事。"

"是担心你母亲吧？我一直对你说，贝塞斯达，我敬佩你把母亲照顾得很好。我们家有她的房间，我向你保证，欢迎她来住。"

"不是，塞缪尔，那不是我担心的事。在这方面，你总是大大方方的。"

"那么，你的答复呢，贝塞斯达？你会跟我结婚吗？"

"我的答复我知道，塞缪尔，但是我需要一点时间，你既然问了我，我得适应一下。"

"最后的答复，贝塞斯达？"

"啊，塞缪尔，你现在笑话我了。不过，我答应你了，是最后的答复。"

对于求婚，这是一个奇怪的答复，但是一个准确的答案。塞缪尔和我在此刻终于找到共同语言。双方各自关闭自己沟通心灵的门，不过，两边的门巧妙地、轻轻地合上了。

接下来是预料之中我母亲的声音……

16

"**贝**塞斯达？"

　　　"什么事，妈妈？"

"塞缪尔开口了？"

"开口了，妈妈。"

"啊，终于开口了。"

她没有笑容。

"你想他开口想了很久。"

"呵，我等他开口等了好久，妈妈。"

突然冒出一句话："你跟塞缪尔会开心吗，贝塞斯达？"

这个问题也许多年前就该问了。

"你结婚开心吗，妈妈？"

"比不结婚开心。"

"你怎么知道？"

"我知道。要不我就不会有你了。"

"我是你婚姻中唯一高兴的事？"

"噢，不是，贝塞斯达。我喜欢我丈夫的模样。"

看来这次说的是真话，不过我注意到她没有说"你爸爸"。

"结婚，终于要结婚了。你爸爸会有多高兴。塞缪尔还是小伙子的时候，他就认识他——"

"他现在还年轻呢，妈妈。"

"他跟你同年，贝塞斯达。他三十了，不是吗？"

"不错，三十了。"

"难为一个男人追了这么久。"

塞缪尔的求婚一宣布，我的生活显然进入了新的阶段。现在母亲能对我直言，不，几乎是毫无顾忌——她以前从没用过那种口气。

"什么时候求婚是他决定的，妈妈。"

"也许是。"

"你知道他父亲有顾虑。田里的事要有人管，我不懂。"

"他原本还指望，贝塞斯达，塞缪尔能攀个有田产的亲家呢。"

我心中久藏的恐惧顿时升起。这也是我心中久藏的愤懑。母亲讲的是艾丽丝·托马斯。她父亲的农庄毗邻塞缪尔家的田。她哥哥去世以后，艾丽丝继承了农庄。丹尼尔·托马斯死的时候，我为他掉过泪，也惭愧为自己掉了一些泪。他才十八岁，轧死在他们家大车的轮子下，被碾压进他精心照料过的田地。机械、土地和青春的蓦然纠结使他早年丧生。

万籁俱寂的那一天

　　死亡，依我以前的几次观察，只是把面容安详地重新安排，用柔和的笔触抹去眼角和嘴边临终时枉然扭曲的线条，绘出一幅最终的静物画。托马斯的死亡不一样，虽然我没有亲眼目睹。我知道他死于暴力，鲜血淋漓，像在战火中葬身。不过女人难得见到战场上的尸体，而男人，也许出于羞愧，极少描述死神在战场上如何惨无人道地袭击、残害、肢解人体。男人和女人分处不同的环境，在漫长的死亡史中的结局也不一样。

　　丹尼尔·托马斯死后，济恩斯的农庄边便住着一个尚未出嫁而拥有地产的年轻姑娘。我对塞缪尔的了解甚于他对自己的了解。命运的变化改变了他家四周的地产，可能还会改变他的人生。我知道他不至于蠢到对此一无所知。邻居家的悲剧给他一个极好的机会，可以通过联姻为子孙后代增添祖传的家产。庄户人家一心盼望的就是田产。

　　塞缪尔的父亲就这一个儿子，必定考虑过说动儿子追求东边的邻居艾

丽丝·托马斯，而不是南边村子里的我。前不久一段时间，也许我多心，
塞缪尔好像来得不那么勤……

"说来，妈妈，塞缪尔还不至于爱地如命。"

"艾丽丝要伤心……"

"他从来不去看艾丽丝·托马斯。"

"他用不着去。艾丽丝是他邻居，天天见面。"

"没错，当然是你对，妈妈。可是我想你懂我的意思。塞缪尔早就跟
我一起散步了。"

"是很久了，幸亏走到头了。"

"你没有问我的答复是什么，妈妈。"

"贝塞斯达，别拿我开玩笑。"

"哎，妈妈，我不会拿自己的未来开玩笑。我得回自己房间去好好

想想。"

"贝塞斯达！"

"我一个小时以后下楼，妈妈，做晚饭。"

"贝塞斯达，我不是这意思——"

我坐在马修·皮尔森的面容前。他的脸上映出我的脸。我们谈了一会儿，像情人一样。不在想象中谈心的人不是真正的情人。不必启口而能自由交流，那种语言自成一个天地，言谈只是它的表象。其他的言谈交往，貌似真实，不过是内心语言的苍白回声，只是在声音的迷宫中捉迷藏。

"你的脸，马修·皮尔森，将是我临终时想念的脸。"

我一边说一边对他微笑。

"你的脸上淌着雨水，你银白色的脸，马修，引导我一路往前，带我去看看离开这个世界之前我还有什么可看的。马修，带我去你那儿。带我去吧，马修，正如我已带你到我这儿。我感到你的面容必定会把我吸收，把我吞噬。时间一到，必定如此。"

手中捧着他的脸，我来回走了一阵。在昏暗的房间里，我一圈一圈地走着。

"我能把你藏在哪里，马修，等我和塞缪尔结婚之后？你结过婚。你的人生已经有格局，已成定局，已经被套进框子，马修。婚姻意味着人生定形，套进了框子。我想我也需要套进框子。

"见到你的脸以前，马修，塞缪尔的脸也可算我喜欢的，现在也是。这不是说，我看着塞缪尔，见到的是你的脸。他的脸只是塞缪尔的脸，没有别的意义。一位相貌端正男士的脸，我看到的只是那张脸，除此之外没有更大的吸引力。塞缪尔的脸之于我，不过是一张人面而已。"

有人会对偶像祈祷。他们在苦难中看到圣母眼中的光芒，得到安慰。

在悲痛欲绝时，他们希望吻到钉在十字架上耶稣的脚。那双光滑的、着了色的脚，冰凉冰凉；红宝石般鲜艳的细密伤口会平息他们的愤恨。在这里，我的举动并无不同。崇拜偶像？供奉上帝之外的偶像便是作孽？多么傲慢。再说，我要向信徒们发问，是谁创造了马修·皮尔森的脸？

日日夜夜，我用秘密的语言对着马修·皮尔森低语、倾诉、讴歌。受感召而来的崇拜者排成长长一列，不同的色彩交织成一幅图案。我也加入他们的行列。我有福。我被选中。我被选中因而有福 [1]。

---

[1] 源自《圣经·旧约·诗篇》第六十五篇。"你所拣选，使他亲近你，住在你院中的，这人便为有福。"（和合本）

17

有个孩子死了。一天去河边玩，出了惨祸。学校里的孩子们不能理解，活得好好的那个孩子，怎么说没就没了。

"他上哪儿去了，贝塞斯达小姐？"

"上天堂了。他在天堂里，孩子们。"

他们相信了。孩子们知道他母亲的名字，不过那时想到的就是"他妈妈"。可怜的女人，让全村的人都害怕，她的愤怒达到极点。

孩子们惊恐地看着她。疯狂使孩子们感到兴奋，既害怕又好奇。那个女人毕竟不是他们的母亲。她原来是个母亲，一下子变成一个没有孩子的母亲。这一点，孩子们不能理解，她也不能理解。

孩子溺水的那天晚上，我梦见自己在游泳，看到孩子的母亲浮在我身体下面，不是在黑暗、浑浊的河水里，而是在明净、温暖的海水里。她向我微笑，指着一堆礁石。我往礁石游去，那里躺着罗伯特，正在睡觉。他的身体似乎飘浮在一层小鱼之上，鱼儿仿佛在替他呼吸。孩子的身体很可爱，围着他游动的鱼儿在水波中闪闪发光，像是忙碌的保姆围着他转来转去。这场梦，我没有画出来，常常奇怪为什么不画。

第二天，校长斯洛普先生对全校讲话。

"罗伯特离开我们了，上帝已经召唤他。罗伯特听从上帝的召唤走了。我们还没有被召唤的人为罗伯特哭泣，希望他回到我们身边来。可是要他从上帝那边回来，孩子们，我们没有这个权利。这个要求必须放弃。我们必须让罗伯特到上帝那儿去。我们必须让罗伯特与上帝在一起。而且，我们自己必须耐心等候上帝的召唤。罗伯特现在进了天堂，而我们，唉，滞留在世上。可是我们必须继续走上帝为我们安排的路，在公正的、充满爱心的上帝面前尽心尽力履行自己的职责。罗伯特最喜欢语文课，你们知道，他尤其热爱诗歌。所以，现在由皮尔森老师，新来的语文老师，给我们讲话。"

马修·皮尔森说话恳切。我觉得他的演讲并不干扰他在我眼中的形象。也许由于我的视觉形象太强，已经压倒了听觉。一种感官的感受往往会压制另一种感官的感受。视觉经常使听觉迟钝，倾心于音乐同样会使我们对周围的环境视而不见。

"孩子们，今天我想起一个童年时代的朋友，他许多年前去世了。当时他跟罗伯特一样年龄。他叫谢安，是爱尔兰人，才八岁就死于流行性感冒。那时候，我住在城里，他的坟跟我家和学校都隔着一段路，我很少能去上坟。但是你们住在村子里，学校边上便是教堂的坟地。罗伯特就葬在那里。每年到了罗伯特逝世纪念日，我们会去他坟上祷告。他的一生，你们知道，他从生到死所处的环境，你们也知道。带着这样的回忆，我们将永远怀念他。

万籁俱寂的那一天

我来念几行诗，孩子们，以后我们要学会背诵。诗句是忧伤的。今天应该是大家忧伤的一天。

　　我的故事已听完，故事却还未开讲；

　　我的果实已坠落，叶瓣却仍然青翠；

　　　我的青春已度完，年龄却不曾增添；

　　我放眼观望世界，世界却看不到我；

　　我的绳索已割断，绳索却有待编织；

　　　我活在此时此刻，生命却已经结束。[①]

[①] 英国天主教徒契齐克·提契邦（Chidiock Tichborne，？ - 1586），因参与谋害伊丽莎白女王被判处死刑。临死前他写了一首题为《挽歌》（Elegy）的诗。此处引用的是该诗第二节。

THE STILLEST DAY

马修·皮尔森对全校演讲时，我坐在他左边，眼角的视线有限。泪水涌进我的眼眶，我赶忙低头掩饰自己的不安。那是女性固有的自制。我的眼光违背我的意志，攫取了穿着黑皮鞋、鞋带系得紧紧的那双脚。在突然铺展的阳光下，深色的木地板反射出他的脚。

我想，在自己房间里我可以毫无顾忌地打量他，端详我收集到的他身上的每个部分。我可以随意从任何角度观察他。他是一系列用线条勾画的细部：被雨水突然淋湿的脸、手掌和肩胛、一小块稍稍隆起的骨头……这些细节足以让我认清他是一位真神。

那晚我又添了一件珍藏。我绘出他双脚的形状，画出我见不到的肌肤和骨架。我再在光着的脚上画好锃锃发亮的黑鞋帮，被盘绕的鞋带扎得紧紧的。我一丝不苟地添上黑中泛蓝的鞋带圈，鞋带道道交错打结，丝编的鞋带头轻盈地舒展散落，好像发出一声欢呼。

万籁俱寂的那一天

　　小时候我第一次见到男人的光脚是钉在十字架上的脚。许多孩子，像我一样，第一次见到的便是那双脚。铁钉穿透他脚背瘦削的骨头，流出的鲜血一滴又一滴永无止境。孩子们的视线直接对着他的脚，身体其他部分不容易看到。常有人亲吻那双脚，不过我觉得恶心。我没有亲吻画里马修·皮尔森的那双脚，但是我把脸伏在他的鞋带上。

　　"我给画里你的脚讲故事好吗，马修？"

　　"我叫贝塞斯达·巴奈特。二十九岁，快三十了。年龄对你意味着什么，马修？一个女人的年龄？我看到自己的脸系在你的脚上。系着鞋带的脚贴在我的颧骨上，印在我白净的皮肤上。苍白的肤色与我不相称，跟一头黑发相配才合适。我的头发是我身上最放任的部分——你不这么想吗，马修？看着，你看着。让我把头抬起来一点，这样你的脚几乎就在我头发上起舞了。塞缪尔说我的头发兴风作浪，不耐束缚。论塞缪尔的性格，这是一段浪漫的描叙。白天我把头发夹住，制服它的散乱。有人说我的头发是金色的，可我觉得自己的发色更像没有擦亮的银子，似乎很平淡，配上苍白的皮肤，没有吸引力。

"这里的关系让我担忧，马修。我跟自己头发的关系。我们各自放任不羁，我不想有乌黑的头发，也真不想有玛丽那样的金色鬈发。你喜欢她的金发吗，马修？

"你的玛丽，她会把脸伏在你脚上吗？有人说马利亚①用她的头发擦干主的脚。我也会为你这样做，马修。我的头发长，马修。让我把头发铺在你双脚的画上。我敢让你看到我松开的头发吗？瞧，像这样。小心，马修。你我都明白在生人面前松开发髻，听任自己的头发撒开是献身的表示。不

---

① 用头发为上帝抹脚的是一个姓名不详的女子。见《圣经·新约·路加福音》第七章。作者提到的马利亚（Magdalene），《圣经》中没有她为耶稣洗脚的记载。但是马利亚给耶稣洗脚的传说长期流传，成为西方绘画中常见的题材。

过你的眼睛不算陌生人。那面镜子里有你眼睛的线条，现在我已经熟悉了。而且，我最熟悉的我，是在你眼中反映出来的我。自第一天起就是。

"我想看到你眼中的我。这不就是镜子的作用吗？唤起要求自己的欲望是为了理解对方的情欲？情欲？这种词语从何而来？"

格朗特莱大人的声音在我耳畔响起，让我记起他描述过的一幅画。那幅画刚从住在法国的他母亲那儿寄到。

"你看，巴奈特小姐，画家是如何暗示男人的暴躁在狂喜中被驯服，被利用——用来满足女人的快感。我个人认为女人不懂男人的这方面。"

格朗特莱大人的话音消失了。他这个人开导我明白的事情，有些也许我不懂更好。

"你有没有像格朗特莱大人那样说过话，马修？我想你没有。你对玛丽是怎么说话的？是谁教你的？

　　"我告诉你一件事，好不好，马修？我猜你跟玛丽说话不多。她眉开眼笑、嘻嘻哈哈，谁忍心打断她欢快的心情和可爱的笑容，谁忍心扫她的兴？不行，不行。最好是对她笑脸相迎，多听少说。"

　　我身体来回晃动，屋子里越来越暗，即将消失的点点亮光在我眼里都是马修·皮尔森的一部分，他仿佛碎裂成无数微小的星星，落在镜面上，像银白的枯叶在水面上漂浮。星星点点的亮光又聚合起来，形成一个似有若无的形象。对着它，我颇有分寸地低声诉说。

　　"促使你和玛丽结婚的，马修，是你的母亲。是她吓唬你成亲的？唉，马修，你掉进了陷阱，不是吗？被母亲逼的？我们不都是这样。她失去了一个女儿，还想要一个。一定要搞到手，当母亲的都这样。

　　"玛丽像她死去的女儿，她就要玛丽在身边陪她一辈子。要达到这个目的，她凭着母性用尽心机，把玛丽推到你的身边，马修。你跟玛丽结婚合了她的意。这根本不是你的意思，对不对，马修？那是你母亲的主意。母亲待儿子女儿都是一个样。总是在算计策划，不变的心态。她们怕我们懂事了会离开她们，所以牵引我们走她们选中的出路，那绝对不是真正的出路，只不过是打开另外一扇门，让我们走进她们设计的房间。

"要是我只有你身上某一个部分，我也会终身崇拜。占有你的整体，或许我会张皇失措。从哪儿，从哪儿开始呢？你的脚，我这么想象过，所以我会觉得自在一些。我可以用黑色和银色相间的绳索把自己紧紧捆绑，让你用大拇指解开，你的大拇指总是那么微微外翘。

"然后，你的大拇指可以按住我的眼睛，我便什么也看不见。按在这儿，按在那儿，把我深深按进异常的境界里去。在那儿，先是一片黑暗，接着突然大放光明，光圈接着光圈出现，接着一个个地消退。就这样，我用自己的大拇指按着眼睛，我还是看见你。镜子中反射出我们的世界，上面画着你。我们俩入睡的时候，怀里抱着整个世界。

"你在我之中得到平安，马修。不论我到哪里，我都会带着你。我要把你带到塞缪尔的家，那个家肯定在等我。以后你和我会向南眺望我们的老家，就像我以前向北眺望，等待塞缪尔，等待别人来制约、改造我的人生。"

我现在望着这些弧形的拱顶和精雕细琢的墙壁。它们年长日久地把我关闭。我明白自己以前一直害怕解除束缚，所以严以律己，自我克制。开蓝花的百子莲在土压得紧紧的花盆里才长得兴旺。也许我希望自己能像百子莲一般在压制中怒放。

18

格朗特莱大人以自己古怪的方式履行他对我们村子所负的责任。他对艺术上的许多探索十分敏锐，在生活中待人接物却可以粗暴专横。因为罗伯特死在流过他产业的河里，格朗特莱花园中要有一个小小的铁长椅纪念罗伯特。我收到由我装饰那座长椅的指令。椅子的位置在他失足落水、被冰冷河水吞没的地点。我想是孩子自己撒手归天。他完全可以多作一番挣扎，伸手去抓河岸。不过孩子的脑中常有听天由命的念头，我们只是不愿承认罢了。

"这件事，我恐怕不能胜任，格朗特莱大人。"

"听着，巴奈特小姐，我肯定你办这事不会让我失望。"

在玻璃暖棚里，他高大瘦削的身体在石板地上不停地来回走动。他显得有点烦躁，在像丛林一般密集的小型蕨类植物和一株桉树之间踱来踱去。

桉树的形状像他的身体，又高又细。

"你什么事都能办好，尤其是我吩咐的事。"

"当然如此，格朗特莱大人。"

"当然如此，巴奈特小姐。"

"你为什么要做这件事？"

"我的那条河需要被宽恕。"

"你意思说它有罪过，格朗特莱大人？"

"我亲爱的巴奈特小姐，我们之中大多数人，不管是教士还是异教徒，都必须天天祈求宽恕。"

"你可以问心无愧，格朗特莱大人。"

"我只是有自知之明，巴奈特小姐。"

"自知之明？"

"我看得清自己的灵魂。自以为不必逐日祈求赦免的人，是因为眼睛上生翳，不能扪心自问。"

"我应该努力看清……"

"男人成为艺术家，巴奈特小姐，往往没有自知之明。"

"女的艺术家也未必有自知之明。"

"伟大的艺术家超越性别。现在谈为那个可怜孩子罗伯特修的长椅。应该庆祝他享受到的年华，还是悼念他失去的年华？"

"你是资助人，该由你说了算。"

"要庆祝他享受到的年华，巴奈特小姐。好好地庆祝一番，你同意吗？"

事情就这样定了，是他做的决定。处理完这件事，他松了一口气坐下了。在羽毛般的蕨类叶子的包围中，他坐定在一把漆成鲜红的竹椅上。那把椅子是他在旅途中物色到的。要是由我来画这个场面，我会突出那种近乎荒唐、令人不知所措的对照；英格兰绅士衣着的色调深沉含蓄，与那把异国情调的大红竹椅格格不入。

"我有点吃惊。"

"不必吃惊，巴奈特小姐。不同的时代，不同的人生，还不都是一段经历而已，不论意义何在。我要是提议把椅子漆成黄色，你会大吃一惊吗？"

"黄色？"

"不错，黄色，但是要黄得惹眼。"

"黄色的长椅放在绿色的小径边，可显眼了，格朗特莱大人。"

"对，不过人人都会知道罗伯特当时就在这个位置。这就是我们的目的，要让人留意我们到过这儿。这件事，我们就定了，巴奈特小姐。黄色。"

"那就黄色吧，格朗特莱大人。你跟他母亲谈过吗？"

"谈过。她同意，我想，同意放个长椅。不过我拿不准人们会怎么看待……"

"善行？"

"施善的人能够强迫他人接受布施。论我的地位，尤其如此。出了这种不幸的事，强加于人是不妥当的。你愿意跟她谈谈选什么颜色吗？"

"现在就跟她讲颜色太难了。没人知道她的绝望是哪一种颜色。"

"你能画出绝望吗，巴奈特小姐？"

"也许能。"

"可是在自认将要心满意足的情人眼里，绝望可能是希望。涵义凭各人的眼光而定，巴奈特小姐。各人的经历和期望构成不同的背景，各人的视角不一样。"

"或者说，不同的梦想构成不同的背景，格朗特莱大人。最能说明艺

99

术境界的是各人的梦。罗伯特的妈妈常会在梦中见到他。不过我想他不会穿黄色的衣服。"

"巴奈特小姐，即使谈这种事，也会令人着迷。你跟塞缪尔·济恩斯先生说话也是这样吗？我想不会吧。主教告诉我快要宣布了。"

"没想到主教还会操心我的事，我当然指信仰以外的事。"

"啊，要关心信徒们……"

"羊群，他称信徒们是羊群。"

"巴奈特小姐，正是因为你有这类见解，我们每星期四的约会才特别有意思。不过你还没有回答我的问题。你和济恩斯先生是怎么交谈……？"

"我们近来找到了一种语言，多少够两人交流用。不对……远远足够两人之间的交流。"

"够用上一辈子，巴奈特小姐？"

"也许吧，也许够用。"

"啊，那么你快要束手就擒了？"

我一声不吭。

"我不允许你生活中的巨大变化终止我们每周四的约会。"

原来如此，他说话时带着容易让人上当的笑容。

我仍然一声不吭。

气氛有点尴尬。过了一会儿，他叹息一声说：

"巴奈特小姐，请随我到书房去……巴黎寄来了一些期刊。你上次来过以后，我花了很多时间去了解一些新画家。我母亲要我注意这批新画家。她勇于探索，所以能发现超前的流派、无畏的先驱。那些期刊中有复印的画和文章，我想跟你谈谈。"

听他的口气，我不是非去不可。但是村里人都听从格朗特莱大人的指挥，我也一样听从他。我跟在他身后穿过暖棚。我的眼光追随着暖棚平缓的斜顶上那些铸铁装饰撒下的明暗交替的影子。

我俩默默无言地穿过弧形花架的通道，进入他的书房。

书房布置得大方得体，其中并没有那种会与整体布局造成强烈冲突、并让人很不自在的刺眼的东方色调。书房里有个刺绣装饰的长靠椅，泛出干枯的草绿色。木雕壁炉两侧悬挂着几只吊盆，绿叶从天花板垂到地面，情调与暖棚正好相呼应。

古老的英格兰橡木书桌上有一只瓮形的钟，发出轻微的滴答声。钟的边上叠着整整齐齐的两堆杂志，《意象者》和《象征主义者》[①]，还有一本书，是于斯曼的《画家选述》[②]。

---

① 《意象者》（*L'Yamgier*）是 1894 年至 1895 年之间在巴黎出版的美术期刊，主要发表当代版画。《象征主义者》（*Le Symboliste*）是 1886 年在巴黎创刊的探索象征主义文艺理论的周刊，一共出了四期。
② 《画家选述》（*Certains*）是法国作家约里斯 - 卡尔·于斯曼（Joris-Karl Huysmans, 1848 – 1907）在 1889 年发表的一部评论现代艺术的著作。

"你请坐，巴奈特小姐。"

格朗特莱大人把一把椅子拉到自己椅子的旁边。

"我想听听你的意见，巴奈特小姐。"

他翻开杂志，我好像看到一只豹子，长着女人的脸，正在抚摸一个青年男子赤裸的身体。两个人的头部泛着一层浅浅的威尼斯金色[1]。

寂静。

他翻过几页。单独一只眼睛在一堆白云上升向苍穹，仿佛在飞向无限[2]。我站起身，浑身打战。

"这些画，我觉得不可思议，格朗特莱大人。"

---

[1] 指比利时画家费尔南德·克诺普夫（Fernand Khnopff, 1858 – 1921）的作品。这幅题为《爱抚》（*Des Caresses*）的油画表达女性兼有魔鬼和天使的双重性，是象征主义的代表作品之一，现收藏在布鲁塞尔皇家艺术馆。
[2] 法国画家奥迪隆·雷东（Odilon Redon, 1840 – 1916）创作的版画《眼睛像一只奇怪的气球升向无限》（*The Eye Like a Strange Balloon Mounts Towards Infinity*），现收藏于纽约现代艺术馆。

"不可思议？"

"是的，是这样，不可思议。"

尽管我知道我的直抒己见已经冲击到我们之间微妙的界限，但我只能这样说。没有别的办法。一连串不可抗拒的绘画好像在冲击我的头脑，令我头晕目眩。光怪陆离的荒诞图像层出不穷。我以前看到的所有形象全部变了形。

"有另一种现实，巴奈特小姐。确实有另外一种存在。梦中有一个勾魂摄魄、心醉神迷的内心世界。在那个世界里，什么都是可能的。新兴艺术家敢于绘制那个世界的地图，他们是无所畏惧的探险家。我们应该对他们表示感谢。"

"对不起，格朗特莱大人，可以给我一杯水吗？"

"我亲爱的巴奈特小姐，当然可以。该是我向你道歉。是我糊涂，也许不该……"

他把透明的水倒进无色的杯子，透明围在无色之中。

"不是，不是，格朗特莱大人。也许因为罗伯特的去世，我心里太难受，接受了你给我看的画。"

"罗伯特死了，你我都难过，巴奈特小姐。不是合适的时间……我忘了第一次看这样的画会多么令人不安。"

好像是要解救我，我们换了话题，谈起以前讨论过的鉴赏原则。那是个比较安全的题目。他以前常常讲，采用这套原则是时代精神的反映。

"我的曾祖父在 1740 年修建格朗特莱庄园，便是按照了这套原则①。你注意到吗，巴奈特小姐，这栋房子的内部和外部没有冲突？当然，有人

---

① 哥特复兴式建筑风格在英格兰起始于十八世纪四十年代，反映中世纪建筑体现的宗教观念对当时新古典主义审美观和理性至上思潮的抗争。

会倾心于二者之一——这是个危险的选择。因为不论以内部还是外部为主导，代价会是永远的冲突和对抗。"

"你祖父按照这套鉴赏原则活了一辈子吗？"

"这是否可能，巴奈特小姐，我现在觉得难说。也许是我自己的看法变了。母亲对我的影响很危险。难怪父亲去世后，她回到巴黎去住……"

他继续往下说，说得很快，神情激动，仿佛急着要表达无法表达的思绪。

"她现在告诉我，我或许也会开始'寄爱于虚无'。她给了我一本书，里面的主人公声称，只有那些'发炎，发烧，或者已经开始衰退'的艺术作品才引起他的兴趣①……你觉得好些了吗，巴奈特小姐？"

"谢谢，格朗特莱大人，好些了。"

---

① 引文出自法国作家于斯曼（见第 102 页注②）1884 年发表的小说《逆流》（*À rebours*）。小说主人公体现唯美主义的颓废倾向，与在当时占主导地位的自然主义分道扬镳。作者在探索情感方面与象征主义有相似之处。

"要是我无意中给你带来不适，我再次请求你的原谅。以后哪天我们也许可以再谈这些画。"

"'发炎，发烧的艺术'，格朗特莱大人，是《画家选述》那本书里的话吗？"

"不是那本书，巴奈特小姐，不过是同一位作家。"

他拿起那本书，翻过几页，读出声来：

"'……在一具端庄文雅的躯体里，居住着被孤独的念头和暗藏的思绪折磨得疲惫不堪的灵魂。'"

他看着我。

"我读到这一行就想到你，巴奈特小姐。可是原文全句完全不适用于你。"

"法语书，我看不懂，格朗特莱大人。我想我永远不会知道那句话全文说什么。"

"人生会让你明白，我们所知道的不是所有的一切，我母亲常跟我强调这一点。"

"看来她对你有很大影响，格朗特莱大人。当母亲的都这样。"

"要不是母亲一心一意投入艺术，从我孩提时就开始培养我，我这辈子，除了管理产业和狩猎，什么也做不成。让我们换个话题吧。你想让济恩斯先生等你答复？"

"我眼下有点拿不定主意，格朗特莱大人。"

"我能给你一点忠告吗，我亲爱的？给你忠告，我得说实话。说实话，我就得担很大的风险。不过，我若是看错了你的为人，巴奈特小姐，那我就什么都错了。"

我不说话。

"婚姻，巴奈特小姐，往往不过是长年累月的责难和归罪，围绕着当年谈情说爱时犯下的错误。这种错误，我犯过，早就付出过代价，现在还在付。婚姻是条狭隘的小道，只容得一人勉强挤过。背负着愧疚走在那条路上可不好受。我看错了自己的伴侣。我妻子是爱尔兰人，巴奈特小姐。我跟她是打猎时认识的。她让我心惊肉跳，神魂颠倒。她那头狂乱的黑发，在她的家乡并不少见，在我眼里却非同寻常。她苗条纤巧的身体，不时显示出咄咄逼人的威力。她个子小，头脑简单，绝不是那种喜欢艺术的人。当然，平心而论，她也不可能喜欢艺术。一个人要么全身心投入艺术，要么对艺术一窍不通。"

此刻，我没有犯傻去追问他。他说的每字每句，都被我听进耳朵里，我却没有流露出感兴趣的样子，怕他发觉到我的兴趣会中途停顿，不再往下说。格朗特莱大人和夫人令人费解的婚姻早就引起我极大的好奇。

"噢，我犯下的是男人常会犯的错，以为已经定下新娘人选，就可以不计后果，趁最后那刻还未到来之前恣意寻乐，甚至最后那刻过去以后也时常去取乐。我是个男人，那时候我企图把自己生活的某些方面瞒过我的未婚妻。"

他过于坦率，我不知道该表示气愤还是表示感谢，就没有做声。

"但是她发现了。她向我报仇。爱尔兰人有仇必报，像呼吸一样不可缺少。他们毫无恻隐之心。她去打猎让头胎流产。第二胎她生了下来，那是我女儿艾拉贝拉。接下来她又给我生了乔治。

"'你现在儿女双全了，真有福气啊，大人，'她对我说，'这桩买卖婚姻，在我是完结了。我要用打猎消磨时光。你本来就是个笨蛋，格朗特莱，以为我会饶了你。随便你去哪儿，过你的好日子去吧。'

"有哪个男人不会为这样的妖精倾心，巴奈特小姐？她摧毁了我的意志，大获全胜。于此同时，又把我和她永远捆绑在一起。用儿女束缚了我，巴奈特小姐。女人啊！有个写剧本的说得很对，'女人，要提防女人'[①]。"

"是母亲……格朗特莱大人，要提防母亲。"

"或许，你希望依靠济恩斯先生来令你的生活获得平衡。这一切，你都藏在心里，隐而不宣，我无法洞察究竟。又或许，你想把这一切分放在不同的房间。按照哪条规则，巴奈特小姐？"

"恐怕得服从必不得已的原则，格朗特莱大人。那一类原则，我猜，你不如我熟悉。"

我知道自己话说过头了。

"巴奈特小姐，我们得到此为止了。今天我们恐怕已经说过头了，那

[①]《女人，要提防女人》（*Women Beware Women*）是英国文艺复兴时期剧作家托马斯·密德尔顿（Thomas Middleton, 1580 – 1627）创作的悲剧，以权势和情欲为主题。

自然都是你的错。"他朝我笑笑。

"济恩斯先生的事，我最后的忠告是你别去找他。你就等着，一旦他来找你，马上答应，巴奈特小姐。这事得当机立断，然后我们就一劳永逸了。绝不允许济恩斯先生以及他和你的关系，将来妨碍每周四我们俩意义重大的谈话。不过，我一时还不能原谅你。"

我让自己说了句谎："总有一天，我希望你会原谅，格朗特莱大人。"

格朗特莱大人和我之间的一切都改变了。我俩都佯作不知，想找些轻松话题来改变气氛，可是没有用。我默默无语地离开他，用惯常的方式，毕恭毕敬地向他告别。

回家的路上，我脑海中飘浮着一只从人脸上剥下的眼睛。那只眼睛像是着了迷，俯视着一只含情脉脉的豹子，豹子生着谜一样的人脸。我所熟悉的原野景象印上了这幅离奇的图画。与我自幼来回穿行的树林和田野相比，这幅画显得更加真实。

如今与世隔绝多年的我，回想起当时与格朗特莱大人一起度过的每个星期四，那是一些洋溢欢乐气氛的日子。生活的演员们给我们增添了更多我们难以想象的人生体验。他们编织出一个令人神魂颠倒的奇境，他们周围的空气多么明净。对那些在黑暗中凝视着他们的人来说，那样的奇景益发显得明媚璀璨。

19

"贝塞斯达！贝塞斯达！"

是母亲在喊，嗓音很高。我在自己的房间里，与马修·皮尔森在一起。我们正在跳舞，他的脸融入我的脸。

"贝塞斯达！玛丽来了。"

脑中的舞曲立刻中断。

"你妻子来了，马修，我得离开你。我会用我的银色披肩把你仔细裹好，放到……"

"贝塞斯达！"

"来啦，妈妈。来啦。"

玛丽·皮尔森，体形已经完全不成比例，站在我们窄小的起居室里，姿态很不自然。我奇怪她紧绷的皮肤居然没有迸裂。她摇摇晃晃地往前挪动，两条腿大模大样地趴开。没结婚的女人可不敢这么不雅观地叉开双腿。

名正言顺地怀着孩子，她不得不像老人或胖子一样，让肚皮指引前进的方向，一到目的地就得东倒西歪地瘫倒在椅子上。

她呼吸急促，喘不过气来。

"说老实话，"她气喘吁吁地说，"八个月就这么大，我都害怕活不到满九个月。唉，我的天哪，想不到会变成这副模样。多沉啊，有多沉啊。"

"不过负担再沉也值得，玛丽，我亲爱的。"

玛丽·皮尔森满面笑容表示同意。她们不再说话，两位心满意足的母亲。

我感到恶心。我也曾给裹在母亲的肚子里。这位老太太，现在皮包骨，看样子多吃几口饭胃囊都承受不起。我曾给困在她的肚子里，好几个月不能见天日。困在玛丽·皮尔森肚子里的是谁？马修·皮尔森的孩子。这件礼物我可不想收到。我想过要什么？要默默无声地、始终不渝地崇拜自己的偶像。我心中的主，他的形象将充满我的房间、我的人生。我将在那儿敬奉我的主。

"贝塞斯达，一只唧唧喳喳的小鸟打农夫济恩斯那儿飞来，告诉了大家一个小秘密……"

母亲满脸笑容，一只手拍着另一只手，用患关节炎的手鼓了下掌。

你妻子的脸是多么甜蜜动人，马修，她的言语又是多么甜蜜动人。我没有说出心中的想法。

"该由贝塞斯达来回答，玛丽。我守口如瓶。"

她们俩放声大笑，我很讨厌的那种女人家的笑，那种格朗特莱大人和我有时候注意到女人凑在一起起哄的活像巫婆的笑声。

"是这样吧，贝塞斯达？"

我沉默不语。

"你想想，巴奈特太太，过不了几年，贝塞斯达的孩子和我的会在一块玩。"

"说得不错。说到底就是这么回事。对塞缪尔说'是'，这一个字就会引来以后的这一切。要是说'不'，我又会得到什么？那么，我该说不吗？"

"听着，贝塞斯达，玛丽是我们的朋友，不会乱传。"

"我想这不妥当吧，妈妈，我还没跟塞缪尔讲之前就说这事。"

玛丽脸上的惊愕表情说明我的实际处境并不有利。塞缪尔求婚，我居然迟疑不决，没有马上答应。显然旁人看我与我看自己不一样。"总是这回事，"格朗特莱大人会说。我喜欢这个说法。警钟敲响了，响了又响，一阵又一阵，像学校里划分日程的铃声一样不可避免，永不变更。

"对不起，贝塞斯达。结婚是人人爱听的好事。新郎新娘也许感到窘迫。

记得马修和我那时……"

毫无疑问，那时候难为你这位女士了。我脑子里的念头越来越刻薄。

"你们的父母急着要你们成亲吗？"

音调里多少露出点恶意。表面上是句问话，似乎在——

"父母去世的时候，我还年幼……"

我自认失败。格朗特莱大人常说，哀伤触动心灵会带来一丝痛苦，那是调理灵魂的自然疗法。"我们需要那种痛苦，巴奈特小姐。它提醒我们是凡人，所以我们的生命是有限的。"

"——弟弟和我，一个才十岁，一个十二岁。他去伯伯家住了一阵。我幸亏有马修的妈妈收留，跟他们一起过。"

母亲看着我，好像为我感到羞愧。对我母亲来说，流言蜚语就像妈妈的奶水，是少不了的养分。她的反应，我觉得太不公正，是她不顾自己家里人。对她，我心中升起一股怒气，一股隐而不发的怒气。

"这以后，马修家就像我自己的家了。"

"青梅竹马，"母亲说了一句好话。她的头生硬地一抬一落地点了一下，对青梅竹马引出的新生活表示赞许。那种新生活不过是活着而已，没有特别的涵义，难以名状。像春天的来临，原以为在冬天已经冻死的，又活过来了。

我稍稍离开她们俩。她们知道的比我多得多，绝大部分我不屑知道。

现在要给玛丽·皮尔森画一幅肖像画几乎不可能了。因为浑身上下不舒服，她总是在不停地挪动。随着每个动作，她的表情也会迅速变化，从期待舒适的神情到失望，然后是心平气和的忍受。要给她画一幅逼真的肖像，让人看了说，"啊，她就是这样的，或者，她以前就是这样的，"必须画出她躁动外表之下的安详。"来点茶吗，玛丽？"

"你太客气，巴奈特太太。不过，我想喝水。"

"你不舒服，我亲爱的？"

是不是我们都快要渴死了，妈妈，只有水才能让我们顿时解脱？

"我生不得病。"

"这话怎么说，玛丽？"母亲语气中的关切有点过分。

"当妈妈的不能得病。有危险，对胎儿有危险，以后对孩子也不好。没有亲娘，太可怕了。"

我在想："别想拿你的哀伤来刺我的心，女士。我有抵抗力。"

"请原谅，玛丽。我得回自己房间去，妈妈。明天有些事要做准备。"

我要离开她们，妈妈没有表示不满。依我看来，她和玛丽的关系确实越来越密切，她们两人之间热诚的体贴把我排斥在外。上楼梯的时候，我想："我好热，太热了。"合上房门的时候，心中的欲望几乎使我发狂。我用双臂搂着有他面容的镜子，来来回回地走，好像我们在翩翩起舞。

"我要让自己撒落在你的脸上，马修。也要你撒落在我的脸上。我要镜子把我折射、反照，这样能让你第一次显露的那副面容解除我身上的烈火。"我没有轻声说出口，我只是借着我的呼吸传意。

传来了格朗特莱大人的声音……

"巴奈特小姐，交媾是动物的本能，是情欲的底线。速战速决通常就会给人满足，完了就完了。可是这里实际也有艺术，有些人精于此道。他们知道无穷的乐趣，的确是这样。无穷无尽的乐趣在于取舍抉择。除此以外只是少不了的过场。"

他的话音消退了。我从镜子上抬起自己的脸。交媾已经完结。他说得对，可悲可耻。

"从现在起，我不碰你，马修。我只会盯着你看。"我做出了保证。

要是发出声音，那只会是落叶窸窣或者一声叹息……

"贝塞斯达！贝塞斯达！玛丽要走了。"

"来啦，妈妈，来啦。"

那个金发侏儒和她硕大无朋的肚子要告别了。母亲也许安慰了她，她的举止言谈都已缓和下来，比先前平静了。她被制服而平静，不是沉入死寂。她被生活制服而平静了。

我扶着她的手肘，她滚圆身子上的一个棱角。我发现她靠在我膀子上，好像信任我这条胳膊。

"原谅我打听你的事，贝塞斯达，是我多话了。真对不起，请原谅。我们结了婚的女人就盼着别的女人也结婚。"

"真是件好事？"

"是件好事……"

她踏上前门台阶时，有些磕绊。是我领错了一步？我想不是。门开了。

"马修！"她几乎大声喊出他的名字。

他向她伸出双臂。

"玛丽，你脸色显得苍白，你是不是……？"

"没什么，马修。贝塞斯达待我真好，一直扶我到门前。"

"你马上可以到家，才几步路。我们太幸运了，你和你母亲住在我们隔壁，巴奈特小姐，尤其现在这时候。"

"不过，贝塞斯达可能……"

她不往下说了。他朝我笑笑，整个脸对着我。不过我会让他的脸充满任何空间。天在暗下来。要是再待一会儿，雨水就会泼到他脸上，就像我第一次见到他的时候那样。

"过一个月等孩子出生后，巴奈特小姐肯定还在这儿，对不对，巴奈特小姐？"

"肯定还在。"

"你想象不出我有多高兴。啊……下雨了。你先进去吧，玛丽。现在你可不能淋湿……"

我转过身，一个人往自己家门走去，雨水泼打在我的脸上。我向往的面容不是自己那张淌着雨水的脸。穿过没有镜子的门道往母亲那里走去，我看不到自己的脸。

"她要吃苦了，那个孩子。"

"听你以前说，吃苦是免不了的，妈妈。"

"贝塞斯达，这可不是老妈子说老话。"

"的确不是，是老妈妈说老话，妈妈。可是，没什么可说的，我得承认。"

她打量着我，也许企图透过我的衣服里的肚子看到我的子宫。我觉得腹部紧缩发热。那种感觉，我并不想缓解。我决定了，今晚是没有镜子的一晚。

20

塞缪尔的手按在我的脸颊上，皮肤贴着皮肤。我感到他的手在轻轻抚摸着我的脸，感得到他指甲顶端干燥的边缘高低不平。如果那种感觉只限于身体，能说有感觉吗？

"你能给我个回话吗，贝塞斯达？"

一个肯定的答复会引出另一个肯定的答复。那个肯定的答复就会引出玛丽·皮尔森的状况。只要给一个肯定的答复……

"不能，还不能。"

"为什么不能？"

"我有好多事要考虑，塞缪尔。"

"我也一样，贝塞斯达。你什么时候能让我知道？村子里已经议论开了，贝塞斯达。"

"塞缪尔，多少年来我也一直在听村里人议论……"

"这是罚我，贝塞斯达？"

"格朗特莱大人说的，我们都有惩罚人的欲望，只是没有惩罚人的权势。"

"格朗特莱大人可不缺权势。他生来就有权。"

"你生来也有。你生来就有继承土地的权力，他生来也有这个权力，而我生来任何继承权都没有。"

"我们的孩子可以继承。"

"那得有个长身子，仰卧在地上伸展开来，一个加一个还得生一个。"

他的手从我衣服遮盖下的一个乳房上移开。那是规矩允许的一条途径。现在他开始试探与我沟通的新方法，新通道。

　　我们试探双方的界限在哪里不算是较量。这是一种公认的仪式，几乎可以说是一种礼貌。有些让步是老办法：胸脯任他隔着衣服抚摸，允许他斜身挨着我。我略微倾身凑近，让他靠在我身上。接着，他的身体微微颤抖着从我身边挪开。几分钟后，他回到我身边陪我回家。现在，熟悉的老路可能会改变，新的目的地会改变一切。我感到什么东西都向我压来，几乎把我压垮，就像在那个黄昏，他不顾一切地往我压来，剧烈的肉体行动蛮横无理。我们两"散步"的路边有棵树，它多年来为村子里一对对渴望幽会的青年男女提供一个好地方。我从隐蔽我们的树后走出来，现在我毫不犹疑地转身往家走，塞缪尔不得不跟在我后边。

　　"你为什么要跟我结婚？"

　　"因为我最想要的人是你。"

　　"你有没有想过要别人，塞缪尔？"

"有时想过。"

"要谁……？"

"有那么一次，好久以前，贝塞斯达。"

"怎么没追下去？"

"因为我看到你了。"

"你可是一直看到我。"

"我能说的都说了，贝塞斯达，我看到你了。"

"看我不一样？"

"不一样。"

"看一次就知道，你说，可能吗？"

"什么都可能，贝塞斯达。快到你家了。别再让我等太久，我求你。

可伤男人心了。"

"也伤女人的心。"

"你罚我，我都厌烦了，贝塞斯达。"

"还没有厌烦我？"

"没有，没有，贝塞斯达。"

斜阳西下，冬天的落日突然铺开柔和的光芒。马修·皮尔森，披着阳光，似乎从余晖中走来。在我眼里，他本来是银白色的，这会儿染上一层金色，不像是我的马修·皮尔森了。

"巴奈特小姐，谢谢你今天照应玛丽……下午好，济恩斯先生。"

"你好，皮尔森先生。"

塞缪尔向马修·皮尔森鞠躬时，胡须显得比往常任何时候更生硬可怕，好似一道伤疤横在脸上。我想他胡须的毛一定经常给吞下去。我以前从来没想到过。

格朗特莱大人的声音又传来了……

"他们吞吃她的头发吗，巴奈特小姐？"他提这个问题时，我们正站在格朗特莱宅第大厅里的一幅画前。我不爱看那幅画。画上的年轻女子若有所思地梳理着流水般的金发，眼神有点凶恶。一群求爱的年轻人倾慕地凝视着她，目光忧郁，一个个仿佛着了魔，几乎心甘情愿地做她的牺牲品。

我从来没有吃过头发。

两位男士保持沉默，好像在等我说什么。太阳躲进云层。马修·皮尔森白净的肤色好像忽然变得像天际的云层。他终于开口了："走得高兴吧，巴奈特小姐？玛丽现在觉得自己不行了。我们以前也一起走不少路。"

结婚前？像恋人那样散步？害怕停下，也许害怕自己会屈服。要走多少路，跳多少次华尔兹舞，才会睡到一起？我和马修·皮尔森只跳过一次华尔兹舞，但是没有和他散过步。永远睡不到他的身边。

THE STILLEST DAY

告别时，他向我侧着头。我知道如果他头发是金色，我就不会因为渴望摸到他的头发而透不过气来。我要的必须是黑发。这种需要是我祖祖辈辈一代又一代的情人传给我的……

塞缪尔和我往我家走去。我对自己说我只有一个小小的需要。只要他的头发。这个小小的要求却满足不了。我要他身上那小小的一部分，不是给我画，不是给我仔细看，而是让我吸收进我的身体。我知道胃壁会挤压摩擦，力量胜过许多机器。我只要他头上一根头发，一个微不足道的要求。只要他头上的一根头发通过我的身体。

"他话不多，那位皮尔森先生。"

"不错。"

"我觉得他妻子，玛丽，是个好人，总是笑嘻嘻的，待人亲热。"

"我也这么想。"

"快要做妈妈了。"

"看来不错，塞缪尔。"

生命在玛丽肚子里翻动，而我渴望的只是马修·皮尔森的一根头发。

如果塞缪尔说"我们成亲吧"，如果一会儿之前他说这话，我还会以为我要的一切已经到手，会感到满足。

"我常常想你是个做妈妈的人，贝塞斯达。"

"真的，塞缪尔？"

"真的，贝塞斯达。"

我突然想到必须达到什么要求才能做母亲。我知道自己的肚子要大起来。马修·皮尔森头上的一根头发，相比之下，隐蔽多了。

不要抱怨，塞缪尔。从他的话音里，我听出他内心的饥饿。他那种需要得由我来满足？是我的使命？我是塞缪尔的茶水饭菜？要是你早一点按捺不住，或许你已经填饱肚子了。

"贝塞斯达，我得早早有个答复。我父亲……"

"我不是嫁给你父亲的，塞缪尔。"

"贝塞斯达，我承认我求婚可能求晚了，但是我不想再拖下去。成还是不成？我想要你想了好久。为了你，我违背了父亲的意愿。"

"你应该违背，塞缪尔。应该违背。"

"我的天哪，看你，以前看不出来你会这样。"

"什么样，塞缪尔？"

"那么大的火气，贝塞斯达。"

"什么事惹我生气？"

"我想是我吧，贝塞斯达。"

"也许是。"

"那么说，你对我的感情不是我想的那样。"

已经到我家了。我们站定，一时拿不定主意，不知该不该在争论中一起进屋去见我母亲。恰巧玛丽·皮尔森在她家门口出现，一脸欢笑，肚子滚圆，一副当妈妈的模样。

"塞缪尔！贝塞斯达！又见到你们俩，真高兴。"

她有点喘，简短的句子也说得上气不接下气。一定是肚子里怀着的孩子托起了肺，挤得肺叶换不了气。胎儿，第一次听到这个词，我吓了一跳。

塞缪尔和我突然闹别扭，我试图掩饰过去，不让玛丽·皮尔森觉察。我觉得难为情，不愉快的事总让人难为情。我是个没有结婚的女人，想必有求于人。我不能讨人欢心，自然是我的不是。我把手放到塞缪尔胳膊上。他的肌肉紧张起来，胳膊稍微移开。我觉得这是对我的背叛。他不愿意在别人面前装假。那我就得永远赔着小心，注意克制自己。

处身在他们之间，我觉得自己前后受困。玛丽·皮尔森和塞缪尔两个活生生的人闯进了我的梦幻世界。为了保护不为人知的内心世界，自己表面生活中的某些方面也许就得牺牲掉。在那个瞬间，我明白这是一个有风险的选择。

"我们刚才遇到马修。一次散步碰上两位皮尔森，"我笑着说。

"很快就会是三位皮尔森，"塞缪尔说。

有必要老是把注意力引向快出生的孩子吗？难道胎儿——噢，听到这个词，我就恶心——会忘了欢迎光临的邀请？

她望着我们，叹了一口气。

"这是一种神秘的体验，我想，贝塞斯达，到时候，对你也会是一种神秘的体验。"

话说得过分。她意识到了，脸也红了。整个人看着更像一个粉红的圆球。

她似乎浑身上下在散布善意，充满光明和朝气。

"马修跟斯洛普先生有个约会。我晚一点去。斯洛普先生请我们俩吃晚饭。"

"我可以陪你去吗，玛丽？贝塞斯达得照顾她母亲。"

我给打发掉了，受到了处罚。塞缪尔要跟这个滚圆的玩意儿走。她或许会一路滚向前，他得拉一把，别滚得太快了。

"塞缪尔，你当然该陪玛丽去。"

我的步子得踩准了，一步都错不得。我不想哭鼻子，也不想顶撞到底寸步不让。我的未来就在眼前，我以前热切巴望的那个未来，即使现在我仍然迫切需要的未来。在这个当口，我决定答应塞缪尔。我可以驾驭套在一辆马车上的两匹马，让现实和梦想并驾齐驱。

他们从我身边走开，我没有回头看。我打开门，等着母亲召唤我。

21

"贝塞斯达。"

"妈妈。"

"你跟塞缪尔散步还开心吗？"

"不错。"

她在等我做决定。近来无论对我说什么，她的口气都近乎绝望。她的日子长不过我，这件事她希望能定下来。

"到底有没有谈婚事啊？"

"谈了。"

她松了一口气。

"……谈了，谈了婚事，还谈了子女呢。"

138

"怎么样？"

"明天我会给他最终的答复。"

"最终的答复？"

"对，妈妈。"

"那是什么意思，贝塞斯达？"

"我会答应。是你想听到的答复吧，妈妈？"

"感谢上帝，噢，感谢上帝。"

"上帝，妈妈？塞缪尔终于开了口，要感谢上帝？这样的话，上帝为什么拖了那么久，才对塞缪尔施加影响？"

"贝塞斯达，我可以比平时说得更直率吗？"

"我还以为你我之间向来是实话实说的。"

"不是，贝塞斯达，我们不是。"

"怎么不说实话？"

"贝塞斯达，你快三十了。"

"而且还没结婚，这我知道，妈妈。"

"塞缪尔时间拖得有点太久了，他伤害了你。"

"以前你可从没这么严厉地谴责过他。"

"我这不是在谴责他。他也得为自己的前途着想，何况他还有个难以取悦又很贪婪的父亲。"

"真没想到你还挺了解塞缪尔父亲的。"

"你是个艺术家，贝塞斯达。你还是个爱做梦的人，自以为比别人看得更清楚。可是你经常看不准。有时别人眼里明摆着的事实，你却视而不见。不过一旦你真的去看了，眼光又过于犀利失真，就好像在做梦一样。我不是个爱做梦的人。"

"你从来就不是，妈妈。"

"你对我的了解并不如你想象得那么深。然而此刻，我并不想与你讨论我以往的经历。我们重点来谈一下你危险的处境，贝塞斯达。"

"危险的处境？怎么危险了？我会跟塞缪尔结婚的。"

"那就快点跟他讲清楚吧。"

"我可没让他等很久，妈妈。"

"他以为你根本没必要让他等。"

"正因为这个我才生气，妈妈。"

"你终于说了实话。忍下这口气，贝塞斯达，否则你就失去他了。"

"会失去他吗？会失去他吗？"

"对，会失去他的。"

"那谁会得到他呢？"

"艾丽丝·托马斯。"

我气极了。她居然如此轻视我对付男人的能力，以为他会放弃我而去追求艾丽丝·托马斯。旋即，我又感到害怕。也许她是对的，也许我看到了太多东西，种种幻象模糊了我的双眼，就什么都没看到。

"塞缪尔不会娶艾丽丝·托马斯。他已经跟我订婚了。"

"还没有吧，贝塞斯达，你还没接受他呢。他仍是单身。"

多年来，我煞费苦心地在母亲和我之间架设了一道道屏障，顷刻之间轰然倒塌了。我仿佛看见有个专事制造混乱的鬼精灵在我家房子里手舞足蹈，肆意搞破坏，打破古老的禁忌。我们一起住了那么多年的这幢房子，正摇摇欲坠、不堪一击。我巴不得能抽身而退，远离这个危机四伏的可怕地方。

"这个话题我不想再继续了，妈妈。"

万籁俱寂的那一天

"你肯定会躲到自己房间里去画图，贝塞斯达。"

"你是不是很羡慕我，妈妈？"

"没你想象的那么羡慕，我亲爱的。"

我爬到二楼，把门关上。顷刻之间，我就进入另一重现实，隐身于尘世之外的一块福地。在那里，我静悄悄地、不为人知地"寄爱于虚无"。

22

圣灰星期三[①]之前的那个星期三，我从学校回家，脑海里浮现出一个新的幻影：马修·皮尔森含笑上翘的嘴巴，我把他的微笑珍藏在我的灵魂中。我感到一种天真无邪的欢乐，犹如一个口袋里揣着稀奇石子的小孩子，手指在黑暗的口袋里不停地抚摸，把它翻过来，再翻过去。

我打开家门，仍在沉思冥想，耳边猛然响起两个人说话的声音，音调时高时低，犹如被困在屋里的两只疯狂的鸟，上下扑腾乱飞。母亲的声音会经常闯进我灵魂的密室。多少年过去了，我依然找不到能有效抵御她声

---

① 圣灰星期三通常在二三月间，是天主教大斋节的第一天，以此来纪念耶稣在荒野中禁食四十天。教徒在额头上用灰烬抹一个十字架以示忏悔。

音的武器。另一个人的声音就很轻，我竖起耳朵才能听见它的回音，可还是察觉到一丝猛禽的语气。我担心玛丽·皮尔森正在闯进我的脑海，要偷走我的思想，那些我想在沉默中独自品味的思想。

"贝塞斯达，能帮帮我吗？我很想让玛丽看一下那张画。"

"哪张画？"

"你给你父亲画的那张画，那时候你刚被任命为美术教师。"

"可是那张画在你的卧室里，妈妈。楼梯太难走，你和玛丽都上不了。"

"贝塞斯达，我觉得自己变得太胆小怕事了，走得不够多。我太当心自己了。你母亲很为你那张画自豪，我很想看一看。"

我转过去望着母亲，几乎是在向她恳求。

"可是你明知道楼梯不容易上。"

"刚才我还在跟玛丽讨论到我们虚弱的身体，我肯定我们是言过其实

145

了。当母亲的经常会这样。生活里有些方面也许过早地让我知难而退了。是的，这我很肯定。玛丽和我要变得更勇敢。跟我来，玛丽。贝塞斯达，请扶我一把……"

情况开始变得异常。母亲和我长期以来达成了默契，就像一对训练有素的双人舞伴。然而，玛丽·皮尔森挺着就要开裂的大肚子的那副突兀形象，却具有一种打破我们之间平衡的力量。那两个女人，那两位母亲，正相互向对方施加着影响。她们之间似乎产生了一种微妙的魔法，这不是我所能控制的。

这种繁殖新生命的、该受诅咒的力量，造就了一种令人厌恶的狂妄自大。她俩正强迫我按她们的意愿行事，逼我向她们屈服就范。我觉得快要窒息了。这段与她们相处的与世隔绝的可怕时光，绝对不可以再持续太久。这期间，她们之间那股你来我往的能量，导致了某种东西的性质发生了变化。马修·皮尔森务必要快些赶来，从我家里带走这个硕大肥胖、走路东倒西歪、皮肤粉红的金发女人。这样才能破除她们同心协力施加的魔法。

"瞧，玛丽，我们干得不错，已经爬上一大截的楼梯。谢谢你，贝塞斯达。这么多年了，你的力量始终是我的依托。玛丽，你要是生个女儿，我但愿她待你像我女儿待我一样真心。嗨，瞧，贝塞斯达，我们已经走到最后一格楼梯！胜利啦，我亲爱的玛丽。我觉得胜利啦。"

"我们是好样的，巴奈特太太。不过多亏了贝塞斯达的帮助。"

"那边是贝塞斯达的房间，玛丽。我们能看一眼吗，我亲爱的？贝塞斯达房里有一副古董画架，是格朗特莱大人给的，意大利制造，价值不菲。他很赏识贝塞斯达的作品，我亲爱的……玛丽？"

"对不起，巴奈特太太……我可以歇会儿吗？我左腿有点疼。"

"当然可以，我亲爱的。要知道，玛丽，一个母亲为自己孩子的才华感到骄傲，或许就是一种虚荣心的表现。这种虚荣心有时简直就是罪过。你现在觉得好点了吗，亲爱的玛丽？"

"我觉得好点了，巴奈特太太，"她气喘吁吁地回答。

我们又站住了，三个穿黑裙的女人组成三幅并联的圣像画。站在中间的是玛丽·皮尔森。在那个偶像般女人的两侧是两位瘦高个女人，其中一位老得有些驼背。两边的画像好像在等着合拢，遮掉中间那个女人。

我们像在做梦一样飘进我的房间。母亲的手搭在我肩上。可能因为累了，也可能因为兴致来了，她的步伐突然变了，跟往常不一样。紧跟在我们身后的是玛丽·皮尔森，挺出的肚子差点碰上我裙子的后褶。

我的房间整整齐齐，一尘不染。房里陈列着的镜子里并没有马修·皮尔森的面容，在端详他妻子的脸。一切都藏得好好的，被安置在沉重的抽屉里，或者被衣柜中长长短短的裙子给遮住了。

"啊，贝塞斯达，真美啊！你的房间是多么宁静、安详！"

"贝塞斯达独自在这里画画，一画就是几个小时，你怎么啦……玛丽？玛丽？"

"我觉得不对劲。身体里有什么地方不对劲。出事了……身上的什么地方……哎呀，天哪！哎呀，马修！马修！天呀……我看见……我看不见了……那是什么……？那是什么？马修……噢马修……"

玛丽·皮尔森倒在我房间的地板上，她一下子摔倒了，手都没有伸出来撑一下，甚至没有伸手去保护婴儿。她臃肿的身体摔倒在地。一只看不见的手打了她一下，一下子把她砍倒在地。

"我的天啊，天啊，贝塞斯达！唉，玛丽出什么事了……哎呀，我的天啊……"

这便是万籁俱寂的那一天，圣灰星期三之前的那个星期三。这便是万籁俱寂的那一刻。我永远感觉得到那种死寂，一年又一年，即使是现在，在许多年以后，我还将永远感受到那片死寂。那一刻之前的每一天，每一个小时，以及那一刻之后的每一天，每一个小时，都有其节拍，有相应的运作，有连接的时光。但时光流转的中点始终是那一片死寂，我总是会回归到那个中点。

脸朝下伏在我房间地板上的那具身体里仍然居住着一个生命。也许躯体里的氧气即将被耗尽。她眼睛睁着，瞳孔却已紧闭，光明已无从进入新生命赖以为生的那具躯体。心脏似乎已经停止跳动。有赖于那个心脏的一切即将灭亡。

母亲的身躯摇晃了一下。有那么一会儿工夫，我怕会失声而笑。两个女人，两位母亲。年轻的那个已经死了？年老的那个却仍在苟延残喘？可是母亲紧瞪着我，眼光突然变得冰冷、陌生。我脑中闪过一个念头：她究竟是否爱过我？

"贝塞斯达，我们只有几分钟，没有更多的时间。给我弄一把刀。"

"什么？"

"给我弄一把刀。你这里有刀吗？"

"有，有，我有。抹油彩的刮刀。"

我突然明白了她要干什么。

"锋利吗？"

"锋利？不锋利。"

"那怎么办？你肯定有管用的东西，什么都行。"

画着他面容的那面镜子被藏了起来，给裹在一条银丝编织的披肩中，没人看得见。这面镜子不愿从我有意识的思维里离开。它引诱我采取行动。

我跨过玛丽·皮尔森的身体，拉开衣柜底层的抽屉。我捧起那面镜子，

THE STILLEST DAY

镜面上画着他的第一张肖像。我解开银丝编织的披肩，把镜子砸碎，我又砸了第二下。马修·皮尔森的脸四分五裂，在玻璃碎片上几乎不能辨认。

母亲和我跪在玛丽·皮尔森身旁，竭尽全力把她巨大的动物般的身躯翻过来，仰面朝天。无论她原先是谁，是什么，她走了，一去不复返了。

我们掀开她的裙子，盖到她脸上。她身上穿着紧身胸衣，保持虚荣直至临终。有这么一刹那，她性格中甜美的一面打动了我。

然后，我聚精会神倾尽全力按母亲的吩咐去做。我解开玛丽·皮尔森身上的一些棉布内衣，但解不开她的紧身胸衣。我就把它割开——随后在她肚子上切开一道口子。鲜红闪亮的血猛地涌出并漫开……那是画家无法捕捉的景象。忙不迭的动作逼着我专注于眼前这个步骤，再也见不到其他细节。我割出一道深深的口子。在切割的那一刹那，回想我学过的全部人体解剖知识。

迅猛而残忍的进程穿透丛林一般密集坚韧的腱带、组织、肌肉和膈膜，直到最终进入她潮湿阴暗的子宫深处。那里已经断氧，弥漫着恶臭。我取出婴儿，这是个女孩。我把她递给母亲。

玛丽·皮尔森的女儿从她母亲的子宫降临到我的房间：她身处的第一个世界。这是一段艰难历程，期间有重重阻碍，像一支了不起的探险队，在惊涛骇浪中漂洋过海，终于胜利抵达，可歌可颂。

我拉下玛丽的裙子，遮盖住已被剖开的、血肉模糊的腹部，并把那块银丝编织的披肩盖到她脸上。披肩下曾安睡过她丈夫留在镜面上的面容。披肩像裹尸布一样盖到她脸上，即刻成形。礼仪得以保留，恐怖有所遮蔽。作为妻子的玛丽·皮尔森已经死了，作为母亲的玛丽·皮尔森永远不会知道她的孩子是谁。

一幅怪诞、壮丽的静物画铺在我卧室的地板上，在我的心灵里打上深深的烙印。它既非绘画，亦非雕塑。它是刀剡斧凿在我心上的作品，永远存在，永不更改，并由我带进坟墓。

我们顺利地割断脐带。母亲患关节炎的那双手，加上我那双，据说是艺术家的手，做出了最不可思议的事。没有人哭泣。有段时间连婴儿都没哭。母亲把婴儿转过去脸朝下，轻轻拍了几下。那一阵沉寂才告终止，万籁俱寂的那一夜才到了尽头。那一刻之前，一切都发生在巫术一般的沉默和死寂中。

我听到前门有人叩门。我把婴儿从母亲手里接过来。母亲不让我搀扶她。我们一起下楼，两个女人带着一个女婴，一幅感人有力的画面。我们朝前门走去。门的另一边等着一个男人。这个男人，我的银色王子，全然不知他正在等待他的人生彻底崩溃。

23

画两个女人站在门口，两个血迹斑斑的女武士，器宇轩昂的样子，完全不输给任何从战场上得胜而归的男子汉。一名女武士双臂滴血，抱着一个婴儿，再画一个惊呆的男子。

稍事休息片刻。

画一个男子，循着一条血迹的线路踏上楼梯，走到一扇开着的门前。

稍事休息片刻。

画一张男人的脸，画他的眼睛死盯着一个躺在地上的、穿蓝衣服的女人的身体。在普遍而永恒的悲痛的轮廓上，画出一点与众不同的东西，假使你能画的话。

然后，试着去画汩汩而出的殷红的鲜血，渐渐染遍她的全身。

再画那个女人的脸。完全画得出来，而且已经画好。涂上灰白色，在蓝白的底色上敷上一层紫色。额前金黄的发鬈组成湿润的象形文字，难以辨认含义。画吧。

稍事休息片刻。

现在画一个男人，他扛着一具裹在床单里的尸体。他一路走去，仿佛被催眠了一样，走向那个由嚎啕大哭的妇女和窃窃私语的男人组成的嘈杂场面。

现在可以停笔了。

要知道太阳稍后会像舞台的帷幕一样徐徐落下。要知道明天不会踯躅不前，不会出于崇敬而隐身不露，也不会为了表示尊重就推迟它的到来。

要知道女人和婴儿的身体都已经洗过，房间也已经冲刷。清理灾难现场并将它翻新是人类的原始本能，就像必然会有人去洗干净泰特斯·安特洛尼克斯献给塔摩拉女王的那只装着她儿子尸体的盘子[1]。

就这样，在万籁俱寂的那一天的夜晚，村子里的一切又恢复了正常。

---

[1] 《泰特斯·安特洛尼克斯》是莎士比亚的一部悲剧。罗马将领泰特斯杀死哥特女王塔摩拉的两个儿子，用他们的肉做成馅饼给塔摩拉吃。

24

维持常态是一种无法阻挡的强烈欲望。因为需要引导，大家便求助于自古以来的两个救星，教会和国家。

我们聚集在格朗特莱大人的客厅里。

主教来了，必须让大家明白希望在于精神信仰。

校长来了，必须让大家明白此中不乏人生的教训。

医生来了，必须让大家明白有病的可以得救，而且，临终时要有一定有权威的人才可以宣告我们的死亡。

大家坐着。我，贝塞斯达·巴奈特也坐着。马修·皮尔森也坐着。

格朗特莱大人站在伊丽莎白式壁炉的一侧，仿佛在捍卫祖传的产业。

他首先表达了诚挚的哀悼，然后进一步阐发在万籁俱寂的那一天以后人生的意义。

他告诉大家医生已经有了结论，玛丽·皮尔森猝死于致命的中风。

他的话引起的反应是一阵沉默。沉默通常被视作同意。

他告诉大家医生已经断定玛丽·皮尔森的女儿之所以能活着，全是因为巴奈特小姐和她母亲果断地采取了大胆的措施。

仍然是一片沉寂，没有人说话。

接着，他特地向大家强调，每逢村子遭遇到动乱、热病、传染病之类的情况，他维护村庄的决心绝不动摇。

我纹丝不动地坐着。当他说到"动乱"、"热病"、"传染病"这些词，我一动不动地坐着，像是冻僵了，出不了声，连呼吸都难以觉察，险些停止。

我可以描绘一幅村民集会的画：一张张茫然无神的脸，带着疑问的表情凝视着我。由于人的面容，即使最难以捉摸的部分，也能充分表达骇人的含义，我这幅无声的画面意义尽在不言中。万籁俱寂的那一天发生了什么，村里人没有见证。他们脸上隐蔽的恶意，我却见证到了。

万籁俱寂的那一天，在我母亲家里发生了什么可以有不同的解释。对各种可能的解释，格朗特莱大人只字不提。他的沉默，加上我们母女俩的沉默，连成一堵墙，挡住了滔滔不绝的猜疑和非议。我们村历来得益于与人为善的睦邻风气。这种风气现在受到了威胁。

一个小社会是在缄默中实施民主的最佳环境。做了不该做的事是罪过，该做的事不做也是罪过。罪过会在有选择的集体遗忘症中销声匿迹。小社会的成员明白要从长计议，因为他们知道有这么一句老话：没有得到供认的、不受惩罚的罪过，多年之后会被彻底清算。

格朗特莱大人最后平静地告诉大家，履行我们的职责会使大家内心安宁。

　　大家一声不吭地听他说，像是着了迷。他说完后，我们这一行人离开格朗特莱庄园。这是常见的画面。村里的居民列队缓慢地走过宁静的乡村，宁静的乡村意味着安宁的内心。一幅永恒的假象。

　　我跟在马修·皮尔森身后走着，他没有等我。我跟在马修·皮尔森身后走着，他没有看我一眼，甚至在他打开家门进屋的时候，都没有看我一眼。他的房子是我们的房子在镜子里的映像，同样的尺度，同样的线条，同样的比例。

25

那天晚上，我躺在贴墙放的床上，听到轻轻的敲打声。随后是碎屑散落的声响。我看到把马修·皮尔森家和我家隔开的那堵墙上出现了一个小洞。

"贝塞斯达？贝塞斯达·巴奈特，能听到我吗？你母亲会听到我吗？"

"我母亲睡着了，马修。"

"我的玛丽也睡着了。我的小宝贝本来应该睡在她妈妈身边，正躺在艾丽丝·托马斯家，由她家一个女佣给她喂奶。"

"可是你没睡着，马修。"

"你也没睡着，贝塞斯达。"

随后他的手……从墙上穿过来。

"把你的头发缠到我手上，贝塞斯达，像绳索或绷带那样。"

"你能听到发针落到地板上了吗，马修？"

我把自己的头发，光泽暗淡的银灰头发，缠在他的手上。他扯紧我的头发，我感到一阵疼痛，就闭上眼睛忍耐着。我看到的景象那么清晰，都可以画下来。一个与我一模一样的女人，如有必要可以看成是我。这女人匍匐在床上。那只迫不及待的手仿佛破墙而入，如饥似渴，贪得无厌。绷紧的头发把我和他的手连接在一起。

这是施加于我的第一阵痛楚，我知道这不会是最后的痛楚。

26

第二天晚上，我躺在冰凉的地板上，穿着衣服。我很快就把暗淡无光的银头发像缎带一般缠绕到他手上。

黑洞洞的屋里回响起一阵窃窃私语。

"我扯紧你的头发，你是不是疼得想哭，贝塞斯达？"

"是的，马修。"

"忍着吧，你听我说。"

我听他在忏悔中为他对我的惩罚进行开脱，很老套的手法。

我听他对我说，他刚来村里的时候，他以为前往的是一个安全的地方。

其实他找到的却是我。

我听他对我说，他多么害怕这个世界，而且一直如此。

万籁俱寂的那一天

　　我听他对我说，他多么害怕女人。女人总是看到他身上并不存在的东西。她们下定决心要获取他身上根本不存在的东西。不能到手，便勃然大怒。

　　我接着听他讲他的妻子玛丽。我明白了那条人心不可捉摸的古训。每次说到她的名字，他都会在前面冠上甜蜜的、善良的、温顺的这些字眼。

　　我听他对我说，一头金发给她的容貌增添光彩。那道光彩照亮了他妹妹去世以后的阴暗人生。我听他告诉我玛丽如何消除了黑暗。

　　我继续听他对我说，他父母去世时，她是多么悲痛，但她没有愤世嫉俗，没把自己裹在哀伤的斗篷里抵挡生活的欢乐。他告诉我她如何微笑着面对人生。

　　我继续听他歌颂她一年四季的美德。

　　春天来了，她珍惜新春。

　　盛夏时节，她的金色光辉明亮无比。

THE STILLEST DAY

深秋之际，她呈现另一种色彩。

严冬降临，她仍然平静自在。

怕我还不能理解，他告诉我，在不同的季节里，她的情感始终真挚深沉，她的深情宛如清澈的流水，浸润人心。

我听他接着对我说，作为语文教师，他通晓必读的书目。我听他对我说，那些故事，他了如指掌。

我听他发问，要有多少个克里奥帕特拉[1]才能证明人能够为爱情献身？要有多少个奥赛罗[2]才能证明人能为爱情杀人？那些故事千篇一律，他说。不管欲火为谁燃烧，不论是为了别人的妻子、姐妹、女儿还是儿子，都不过是一阵狂热。等到熊熊的烈火熄灭，剩下的只是灰烬，只是灰烬而已。

---

[1]《安东尼与克里奥帕特拉》是英国剧作家莎士比亚 1600 年前后创作的悲剧。埃及女王克里奥帕特拉在剧终自尽前感到极大的喜悦，期待与亡夫安东尼重聚。
[2] 见第十三页注①

我继续听他对我说，他的心不曾为玛丽燃烧过。他说对她的爱出自他纯洁无瑕的心灵。

是他读过的字字句句指引他编织成这首温柔真诚的赞美诗，献给玛丽。

但他不是一个温柔的男人。他又一次使劲揪住我的头发，把头发拉得像琴弦一般紧绷。他在弦上弹奏令我痛彻心肺的音阶。

27

万籁俱寂的那一天之后第三个晚上，也是玛丽·皮尔森下葬的那一晚。那只手穿过了墙壁，说话不再悄声。

"我已被剥夺了一切，贝塞斯达。现在我也要夺走你的一切。你已经毁了我的生活，我也要毁掉你的生活。"

"我知道，马修。"

我躺在冰凉的地板上，这次按他的要求脱掉了衣服。我的头发像缎带似的紧紧系在他的手上。

我听他告诉我他将如何对我穷追不舍，让我无处藏身。

我听他告诉我，在夏天他会如何撩起我的裙摆，在冬天他又会如何撩起我的裙摆。

万籁俱寂的那一天

他说话的时候，我脑海中浮现出一幅带刺的红玫瑰的画面：花瓣纷纷凋零，犹如一滴滴鲜血，那是夏天的礼物。冰冷苍白的蜡烛，会在我身体中点起一团烈火。那是冬天的礼物。

我继续听他往下说，仿佛看到了他为我安排好的未来。

我会与高尚的塞缪尔·济恩斯结婚，万籁俱寂的那一天过后，他站在我这边，很有男子汉大丈夫的气概。可这门婚事长不了。我永远也不会生儿育女。

他会跟艾丽丝·托马斯结婚。他会把她接到家中来。与艾丽丝·托马斯厮守的日子，他会生下更多儿女。

我一边听他说，一边在痛苦和寒冷中战栗。我意识到马修·皮尔森的心灵中再也不会有一块纯洁的地方。

169

28

马修·皮尔森说要做的事，后来的的确确都发生了。那些事件几乎像圣经中的故事一样不以人的意志为转移，我只能俯首认命。

马修·皮尔森娶了艾丽丝·托马斯。村里每个人都原谅了。他们突然成亲，以前发生的事留给村里的恐怖很快就被抹掉了。大家都高兴的是：人就像房子一样，也可以清理掉恐怖的场景，把它像旧地毯那样卷起来扔掉，然后铺上新地毯让大家在上面走。

马修·皮尔森把艾丽丝·托马斯接来，和他同住在我家隔壁的房子里。我低头接受了。我毫无感觉。夜里听到孩子哭，我毫无感觉。我还听到别的声音，一夜又一夜，像是存心让我听的。虽然我一夜又一夜躺在墙上的破洞边，他没有过来。我，贝塞斯达·巴奈特，忍受着一切，不掉一滴泪。

不久以后，塞缪尔·济恩斯说服了我，也许是为了荣誉，也许是有意藐视权威，也许是出于爱情。他不知道自己求婚成功是马修·皮尔森的计划。他也不知道因为我跟他结婚是听从了马修·皮尔森的安排。

婚礼那天晚上，我去到附近镇上的一家小旅馆。路程不远，一路沉默。

房间里有件礼品在等候我们。礼盒里是红玫瑰和白蜡烛。盒子里还有一封信，是马修·皮尔森写的，写给我的新婚丈夫。

次日清晨塞缪尔·济恩斯离开了我。他再也没有回过村子和自己的家。可以想象在他家里，我的名字至今没有受到过祝福。

与其说是羞愧，不如说是厌恶，我悄悄回家和母亲一起住，又和她住在马修·皮尔森、他妻子艾丽丝和女儿玛丽的隔壁。

从此以后，唯一令我快慰的是眼看着艾丽丝变得越来越害怕他。

THE STILLEST DAY

那天之后的那些岁月里，艾丽丝·托马斯的身体似乎遵循着某种奇怪的规律，忽而发胖，忽而又瘦了，好像找不到一个可以容纳她心中悲哀的体形。

29

"**我**的天哪，贝塞斯达，你可真是个傻女人。居然会失去他？你等了塞缪尔·济恩斯这么多年，居然一夜之间就失去了他。"

母亲的怨愤显得狂野而激烈，这让我回想起很久以前她破口大骂的样子。

"不是我失去了他，妈妈，是他走了。"

"新婚夜之后就走了？"

"看来是这样。"

"你需要他。是你需要他。没有他，你没法活。是他拯救了你。"

"拯救了我什么？我不觉得自己做错了什么。"

"我真要感谢上帝，贝塞斯达，感谢他没有给我一双艺术家的眼睛。因为你看不到的那些才是真正可怕的东西。你好像看不到把我们系在这个世界上的那些似有若无的网。我们必须在这个世界上过日子。要是穿过那张网掉下去，贝塞斯达，你再聪明也没什么价值。"

"我现在依然脚踏实地，妈妈。将来也万事大吉。"

"万事大吉！艾丽丝·托马斯现在住在我们家隔壁。说起来马修·皮尔森，总该为玛丽深深哀悼服丧……可怜的玛丽……他却并没有等多久。"老人语气里充满了苦涩。

"他是没有等。但他还有个孩子得考虑。"

"说起来，他本可以跟你来考虑这个。他欠你太多了，贝塞斯达。他还能有这个孩子，是他欠了你。"

"欠了我们，妈妈。他欠了我们。"

"好，现在你明白了吧，贝塞斯达，一个人做好事很少会得到好报。艾丽丝·托马斯却莫明其妙地得到了好报。"

于是我就想，艾丽丝·托马斯是怎么逐渐在我生活中起到关键作用的。多年以来，我以为她——艾丽丝·托马斯——不过是我故事里的一个次要角色而已。

"将来会万事大吉，妈妈。"

面对这一连串的打击，我无可奈何，再次低头认输。我觉得自己唯一还剩下的好运就是要有一个保护人，一个像格朗特莱大人那样的男人。

30

"也许星期四下午之外，星期二下午我们再见个面，贝塞斯达。这样行吗？"

"当然可以，格朗特莱大人。"

"贝塞斯达，那么多年来我一直称呼你'巴奈特小姐'，我真高兴现在可以称呼你名字了。"

"我还是继续称呼你格朗特莱大人吧。"

"这也许主要是出于对我年龄的尊重，而不是其他原因。"

"也许吧。"

"你变了，贝塞斯达。人生阅历未必是一种让人很好受的体验。"

"对，这一点我也意识到了，格朗特莱大人。"

因为我知道自己的勇气已经消耗殆尽。虽然我救过一条命，这一事实有不容置疑的证据，但我心里明白，救人一命难说是好还是坏。做这种事，很少有人得到回报。即使正大光明的救命恩人，也可能会感到别人表面称颂下的犹豫。也许是因为人的意志干扰了上帝的意志？上帝要让我们所有人离开这个世界的永恒愿望也是不容置疑的。

晚上，我披头散发躺在冰冷的地板上，魂不守舍。我的眼睛从每一寸布帛、木材和玻璃上寻找我的勇气。但我找不到丝毫勇气的痕迹。

"要有勇气，贝塞斯达。要有勇气，我的朋友。"

"我好像什么也没有了，格朗特莱大人。"

"每天鼓足勇气，这是一个人意志的体现，贝塞斯达。"

"这么说来，我的意志也许已经在熔炉中烧尽。我已经万念俱灰。我已经变了，我更想看别人的意志在我身上会产生什么作用。"

"我的意志吗，贝塞斯达？"

"是的，格朗特莱大人。"

"那么这里面就一点没有你的意志了？"

"只限于我认可你的那种意志。"

"你可能要了我的命，贝塞斯达。你站在这儿，头发紧扣在头上，超尘绝俗，却在讲你的失败。失败似乎使你心灰意懒，几乎完全不顾你我之间发生的事。你的力量在于你缺乏意志。这也许就是为什么，各种印象长期被局限在你艺术家的眼睛里，现在终于被解除束缚，浮现到画布上来了。你以前画的是高雅的教堂和校舍，现在却描绘从女人扭曲的身体上长出的葵花，儿童们贪婪地扑向葵花。但是你对我说你什么都看不到。你告诉我你母亲说你是瞎子，从来就是。要是我失去你，我知道最终会失去你，我到哪里才能找到像你这样的女人？"

"像你这样的男人，格朗特莱大人，不会失去多少的。"

"我屈身恳求的次数，你可能想象不到，我亲爱的。"

"不是对我屈身，格朗特莱大人。"

"你不需要，贝塞斯达。你拥有我，我的身体和灵魂。"

"不拥有你的心，格朗特莱大人。"

"人心是一件可怜的东西，贝塞斯达。"

"它仍然系在'妖精'的身上？"

"也许是。我们已经走了多远，你和我，贝塞斯达。我怕我们之间的推心置腹意味着一个不可改变的结局。两个人之间不再有任何保留，只有在那时，男人和女人才能真正地推心置腹。"

那天回家的路上，我意识到自己已经受到了警告。如果再来一次打击，

我知道我会交出自己。我会退进孤独和沉默之中，因为，我毕生的作为，

也许实际上已经告终了。

31

信的全文如下：

我亲爱的贝塞斯达，

不稳定的身份可以维持一生。要做到这一点，必须认清这种身份可能带来什么后果，而且还需要有近似艺术家的那种直觉，才能维持事态微妙的平衡。一旦失措，那种安排中的内在弱点便会导致即刻的崩溃。

我不能再充当你的保护人。你要原谅我。我也许只能一声不吭地看你倒下。虽然我并不光明正大，但我不是一个恶棍。我会利用我的权力为你找到隐身之处。但是你的庇护所必须在别的地方，必须在我统辖的王国的范围之外，因为你的存在已经危及到我的王国。玛丽·皮尔森去世以后，我保护了你。我低估了保护你会给自己带来的损害。我也许平息了村里的疑虑和恐惧，但是疑虑和恐惧仍在暗中持续。这个事实，显然你也清楚。

塞缪尔·济恩斯猝然抛弃了你，做出了一个重大的决定。村里人不敢去猜测他发现了什么。他们最好不要知道这个秘密。但是，贝塞斯达，显然，在他看来，他发现的不是好事。

格朗特莱夫人已经通知我，贝塞斯达，你的身份不准再持续下去。她说话直截了当，历来如此。

"你这位大老爷以前是她的救星和保护人。这一点，我可以容忍。但是那样你还不满足。把她赶出村子，马上赶走。"

为了寻求你们母女开始新生活的各种可能性，我走访了不同的人。要是我把他们的反应讲给你听，贝塞斯达，也许你听了甚至会发笑。

万籁俱寂的那一天

主教说:"我知道有个地方,归一个潜心默祷的修道会管理。巴奈特小姐有过那么一两次跟一位年轻教士说过,她想从俗世退隐。她母亲,当然是个麻烦。"

乡村医院的拉德护士保证可以帮忙:"在医院里找个房间?给巴奈特太太一个长期房间?可是眼下没有空房,格朗特莱大人……看来您是下了决心……是的,我知道您帮过我们大忙。不过您知道吗,格朗特莱大人,我们一直想扩建医院,增加儿童病房。想盖一个附属病房,把儿童和成人分开。患绝症的成年人某些举动,给孩子们看在眼里不好吧?"

"啊,不错,拉德护士,"我答道,"难为孩子们了。这是一件大事。扩建的事,其实早就在我心上了。"

另外还有一种可能,我只简单说一句,这种可能性是存在的。真要办起来,你我两个人名声都会受影响。

THE STILLEST DAY

伦敦威波尔公寓的管理员说，"要一套房间，格朗特莱大人？自己住？不是？我懂了。肯定能办成。那位年轻女士的名字……？"

由你选择，贝塞斯达。在一定意义上，我没有选择的余地。

贝塞斯达，我身在陷阱之中。而我这个人不能长期身处陷阱。常言道，"没戏了。"我那条爱尔兰猎犬赢了。这个妖精心狠手辣，从不留情。而且她手里有人质，有我的儿女。我只能屈从。我那妖精驾着战车横冲直撞地朝我赶来，要置我于死地。美狄亚[1]和她相比，也相形见绌。

她发现我跟你在一起之后，哈哈大笑。"我终于把你们俩一起逮住了。"没错，我们被她逮住了。

你与我两个谁也不能忘记，我的家族世代相传。时下，我的人生只是

---

[1] 《美狄亚》是希腊戏剧大师欧里庇得斯（Euripides，公元前 480 – 前 406）的主要作品。为了向不忠的丈夫报仇，美狄亚毒死丈夫的新欢后，杀死两个亲生儿子，然后乘战车去当面谴责她的丈夫。

汇入那条长河的流水。我要你离开我，虽说是出于无奈，却逼得我不得不承认，我原以为自己是个男子汉，其实还算不上。

我不得不与你一刀两断，与你那张聪敏的脸，与你那几件已经开始使我念念不忘的新作品，都得一刀两断。我有个感觉，也许甚至是一种恐惧，贝塞斯达。我与你分手的时候，可能正是你要超群出众的时刻。

我要告诉你，贝塞斯达，我不至于傻得不知道你是我一生中最美好的篇章。可是我的人生根本不为我自己所有。请记住，你犯不着为我奋斗。

我知道我们不会再有难堪的会面了。你会做出你的决定，没有眼泪，没有请求。我曾经是你的情人，也希望始终如此。但是只能在别的地方，贝塞斯达，从此以后，我只能在别的地方做你的情人。

我应该给你写这样一封信来表明我对你深信不疑。

我热爱、崇拜、倾慕你，贝塞斯达·巴奈特。然而，这当然远远不够，事情往往如此。原谅我。

永远属于你的

埃德加·格朗特莱

于是我的人生就这样被安排到了画面之外，和许多其他人一样。我身心交瘁，只得屈服。万念俱灰的人需要有个主人。格朗特莱大人是个仁慈的主人，按他自己的方式。

我母亲接受了活下去的代价。她和我都明白，在一连串混乱的折腾中，我们已经失去了以往那种相依为命、不引人注目的平静岁月。我们日复一日踏过的那条简单、笔直的道路把我们引到了悬崖绝壁。

万籁俱寂的那一天

我们虽然没有坠落，却没有回头路可走。这条路已经被我们的经历，一种无人可以分享的经历堵塞隔绝了。像一只受伤的鸟，母亲被安置在相对安全的山坳里，眼睁睁看着我沿着绝壁的边缘走上另一条羊肠小道。我不会回头，她不会招手。原因很简单，两个人都做不到。我们的全部注意力现在都必须集中于如何在这个尘世小心翼翼地度过尚存的有限时光。

我们俩被砸碎，被重新塑造，既非铜雕亦非石膏像，而是被禁锢在由意志铸成的钢铁之中。

极端的时刻过后，时间只有反思的用途。身临人生边缘而存活的人，在深渊中挣扎过的人，他们的残存之年并非他人的慷慨。他们的岁月是偷来的。他们也许希望能把这些时光悉数奉还，清清白白，自己不曾盗用偷生。

32

我第一眼看到这个岛，它像是一座惨淡荒凉的圆丘，孤零零地浮在湖心。周围的水波寒光闪闪，像无数面镜子在晃动。湖水似乎冷漠无情，把小岛捧在冰凉的怀抱之中。一圈柏树，像忠实的卫士，环绕着一栋灰暗、破旧的哥特式砖石建筑。

我来自一个世界，那儿的石块都已被刻成祈祷的形态。我抵达一个世界，它与我告别的世界一模一样。绕了一个圈子，我的历程回到出发点。那地方似乎是专为我这个改变了的人而设计的。

我需要另一座堡垒。母亲已找到她自己的堡垒。出发来我的堡垒时，我希望这一次自己严守陈规礼数的决心能让我置身于彻底的寂静和孤独中。

万籁俱寂的那一天

　　这里便是我的藏身之地，因为我已经是一件见不得人的东西。我既然强制自己保持沉默，这里便是我缄口不言的地方。到达的时候，我心里也许明白，我在人生途中已经耽搁太久。

　　无所事事曾经令我狂躁，使我在一个小时之内采取狂暴而精确的行动。在这个岛上，我知道我疲惫的心灵会得以收敛，以待……

33

"因为你要来探访她，保持沉默的誓言已经给她解除。这是她的房间，当然是锁上的。坐这儿，先生，这边的长凳子。读一读这里的铭文……上帝，求你救我脱离我的祸患①。通常，先生，修道院里没有地方坐。是我坚持要在这里放条长凳，就放在她的门边。因为，说老实话，有几次我跟她见面后支撑不住，必须先坐下休息，然后才有力气一路转来拐去走回饭厅。我们在这儿等一下，先生。院长嬷嬷马上会来。"

我在自己的房间里静听彼得·施特劳斯大夫说话。他年龄不大，几年前自愿流放到异国他乡的一个湖边小镇来，也许有他难言的隐衷。在这儿，他担任我们这个岛修道院的出诊医生，心甘情愿地浪费他的才学。

---

① 原句是拉丁文，出自《圣经·旧约·诗篇》第 25 篇。这里引用的是和合本译文。

　　而我，一个懂得破洞与欺骗，懂得幻象的设计以及墙后传音的人，一个懂得原本以为不可穿透的障碍实际可以穿透的人，已经暗中观察了他好几年，看他坐在我的门外，双手抱着头。他一声又一声地叹息，疲惫不堪地喃喃自语，在寂静无声的修道院中引不出丝毫回应。我从不感到他可怜。

　　他身边现在坐着一个同伴。迫切巴望与人交流的施特劳斯大夫在忙不迭地说话。我听到的都是我早知道的。窃听者听到的通常是老话连篇。

　　"这栋房子里可真不容易找路，先生。无穷无尽的过道、台阶、楼梯，我有时纳闷，不知通往哪里？花了我几年时间才摸清。坐船来一定让你吓着了，先生。距离不远，可是常常狂风大作。有几次我困在这儿走不了。冬天有时要在这里耽搁两三天，尤其是二月份。我得告诉你那可不是好受的。跟她们接近，得小心谨慎，可能会有误解，五花八门的、没完没了的误解都是可能的。即使出一次诊，也会累得筋疲力尽。我记得刚开始的时候，

191

THE STILLEST DAY

我觉得奇怪，甚至感到惊骇。你不感到惊骇？我本以为能得到休息，甚至得到滋养。我很少跟家里人谈这些事。我不能肯定谁的意志会占上风，我的还是她们的？谁断定保持缄默是最好的办法？甚至我那些男性的朋友，甚至最粗鲁的那些男人，实际上都不多话。噢，偶尔有句下流话，间或开口问个近似污秽的问题。不过，总的说来，那种事不如我预料的多。

"我的妻子？唉，婚姻中多少事发生在黑暗之中。这是我打个比方，当然。希望你别怪我有意放肆。我女儿？父女之间是一种复杂、危险——不错，不错—— 我就是这个意思，是一种危险的关系。我总是小心翼翼。要说有多谨慎，就有多谨慎。

"但是我儿子妒忌我，我猜是这样。他年纪还轻。但是我们男人，年纪轻轻就充满想象力，那是命中注定要倒霉的。想象力，这个词合适吗？有关那种事的想象、形象、意象，我知道所有的答案，至少知道最明显的答案。可是这一点，他难以接受。我的知识很具体，讲身体上的事，是一种医学知识。我有许可，有特许可以接触女人的身体。对不起，我无意让你难堪。但是跟他谈，事情只会更糟糕。我的意思是，怎么能由我，他的父亲，来负责教他？所以，我作了决定，什么都不说。我自己的父亲也是这样的。不讲这些才体面。你不觉得吗？没完没了地讲就讲俗了。你不觉得吗？没教养了，用我父亲的话说。没教养的。'没教养的'后面接上'年轻人'，他这种搭配目的在于……？惩戒我？那也是他常用的词，惩戒。我总是以为他说的是洁身自戒。他说的是惩戒，我想的是洁身自戒。

"所以，我决定无论如何不对儿子用这类词。我不想用不和谐音开始交谈。这个词是从我妻子那儿学来的，是音乐术语。她是音乐家，弹钢琴的。手指非常有力，非常灵活柔软。我盯着看她手指在键盘上高低飞驰……你懂我意思吗？我几乎听不到她弹的曲子。我全神贯注在她的手上，太神奇了。看她弹琴是一生中莫大的荣幸。只看她键盘上的手指就行。认识她以前，我总以为音乐家手指细长优雅。但事实并非如此。当然可能有些音乐家是这样的，我妻子的手指有力却不长。不能说特别长吧。她能激发欣喜若狂的感觉，在她自己心中，在其他人心中，凭着她键盘上的手指。我妒忌她。你懂吗？我妒忌自己的妻子……"

十字架碰击腰边的钥匙，发出击钵的声响，象征性地宣告院长嬷嬷的到来。施特劳斯大夫立刻不做声了。

木头的十字架碰到腰上挂着的钥匙当啷当啷响，裙子轻轻拂过石头地面传来窸窸窣窣之声。这两种声音混在一起，听到的人应该意识到这是个警告，可是大家经常像中了催眠术一般定住不动。修女们必须遵守修道会的规矩。听到这种声音，轻微触犯教规的修女本来可以及时逃脱，却会站定自首。所以，是我们自己容忍权威。我们与清规戒律发生摩擦，窸窸窣窣的声响却给我们在丝绸摇篮中安睡的幻觉。

"晚安，先生，对不起，你到的时候我没来接你。施特劳斯大夫和我以为你最好趁她睡着的时候先看一看她，那容貌不致显得过分……"

"变形。"

"对了，就是这么说啊。谢谢你，施特劳斯大夫。啊，钥匙在这儿……我知道你一定又冷又饿，先生。但我猜你想马上见她。先看一眼。怎么样？怎么样，先生？先生……？先生？"

34

假睡是再容易不过的事。而且，即使在睡着的时候，我也看得到周围发生的事……

他们离开我房间时，我听到钥匙在锁孔里转动发出的金属碰击声。金属撞击金属之后，传来一片寂静。随后又传来说话声，我听任他们的话音流水一般淌过我的身体，一场洗不清罪过的沐浴。

"我们本该先警告你的，先生。施特劳斯大夫和我，当然，已经不再害怕了，但是对你……"

"坐下，先生。你脸色苍白。在这里歇会儿。我到修女哈辛达的房间给你拿杯水来。就在过道尽头那儿。然后，院长嬷嬷，你看，我们也许可以去用晚餐了吧？"

"谢谢你，施特劳斯大夫。可以请客人把头抬高一点吗，施特劳斯大夫？这样是不是好一些？"

"啊，照料他，院长嬷嬷。不要放过他。可是谁有权留住他？施特劳斯大夫没有权，他总想为人解除痛苦……"

"请不用担心，院长嬷嬷。不要紧的。我去拿水。"

趁他急急忙忙往修道院走廊那头走去的时候，院长嬷嬷的声音急急忙忙顺着语言的通道传来，字字句句仿佛都有所指，却完全不着边际，令人烦躁。

"……天哪，先生，你一定觉得一条条的长廊又冷又难走，尤其是那些柱廊，有几段没墙，风吹雨打的。这类建筑必然有一种内在的精神，设计这座城堡的建筑师显然受到这种精神的激励。也许是上帝使他懂得，从祈祷室到饭堂那一长段寒风刺骨的路程是压抑食欲的又一个机会。等修女们最后走到饭堂，她们会虔诚地感谢上帝赐予的食物。

"我们修道会中有些成员感激上帝给她们压抑食欲的机会，她们感恩如此之深以至心中产生狂喜。她们走到桌边，甚至不能进食。她们根本不想中止饥饿中的狂喜，在消灭自我、排除食欲之后，也不愿中止心中的狂喜。啊，我话说得太多了吧，先生？谢谢你，施特劳斯大夫。喝水吧，先生。"

"我们时常遭受语言的偷袭，院长嬷嬷。我们在这个誓守沉默的地方说话，尤其如此。"

"不错，施特劳斯大夫。沉默之后再开口可能使说话的人和听话的人都劳心伤神。在你来访期间，我自己保持缄默的誓愿被完全解除。修女哈辛达也一样，她为我们做饭，照顾我们。我自问，解除誓约是不是一种祝福？一开口，言语好像就在消耗我，简直要把我吞没。你觉得他现在看上去好些了吗，施特劳斯大夫？"

万籁俱寂的那一天

"好些了，好多了，好得多了，院长嬷嬷。不妨在这儿再静静地待几分钟……"

"再喝点水吗，先生？我们非常感激你来，感谢我们的施主派你来。施特劳斯大夫和我犹豫了很久才跟他联系这事。我们最后决定有这个必要。打杂的修女①中有一位向我们描述过一张画。那张画搬进她的工作室时，修女弗吉妮娅看到了，她只是瞥了一眼，可是修女弗吉妮娅的描述……"

修女弗吉妮娅用什么样的眼光看我的画？除了修道院的墙壁，她的眼睛没注视过任何其他景象。我这样评判她是不公正的。我这个人，那张淌着雨水的脸已经在一刹那彻底改变了我的人生。我这个人，那只眼睛曾使我动弹不得②。金黄毛色的一只豹子，我曾经感觉到它邪恶的抚摸。那只豹子长着司芬克斯的面孔，光滑细腻，全身长着金黄的毛。

---

① 天主教修道院中有些修女发誓受戒后主要从事院内杂务。
② 见第 103 页注②。

"……据我所知，先生，除了修女弗吉妮娅之外，没有人看到过那些画……"

"不错，院长嬷嬷。甚至我，她的医生，连一眼都没有看到过。虽然我经常应召进她的房间，在她好几次……发作以后。说实话，我有时问自己，到底有没有那些画？"

"她的赞助人，也是我们的赞助人，执意要求她的工作室只有一把钥匙。她把钥匙藏在身上。对她这个修女，我们作了许多让步。依我看，让步太多了，施特劳斯大夫。"

"也许是太多了，院长嬷嬷。"

"一开始，赞助人的要求就十分强硬。我只得听从，让她在这种事上随心所欲。有关她绘画的一切，全靠他的支持，实际上都靠他来资助。他长期资助修道院的条件是一切设施她都能使用。施特劳斯大夫刚才说到她

有一间工作室。那是特地改装的画室。其他修女很不满意。有些人人得承

担的职责，也都给她免了。哎，没法说，说起来就没个完，没完没了的让步。"

"院长嬷嬷说得不错。对这位修女的让步可多了。"

"但我们还是要服从，因为赞助人很大方。"

"对我也一样。我不过是个小医生。"

"看你说的，施特劳斯大夫。我们知道你很有才华。有几个乡村医生

能具备你的经验，尤其是你在欧洲的经验？是我们的资助人先派你来这儿。

你跟他在巴黎见过面，不是吗？"

"不错，院长嬷嬷，当时我的生活尤其……艰难。"

"请不要误解我的意思，先生。我们修道院永远感激赞助人的慷慨。

修女安娜西娅达 ① 刚来的时候，我们想不到她会带来这些麻烦。当时他把

---

① 进修道院的女子往往另取一个名字。贝塞斯达取的名字安娜西娅达源自圣母领报。见第 22 页注①。

这个岛毫无保留地捐给修道会。那以前，我们从其他有限的基金中支付年租。几次大修也是赞助人付的钱。这座城堡，我们的修道院，那会儿破烂不堪。"

"你可以看到，先生，院长嬷嬷和我都想努力满足他的要求，在这件事上保护他。"

"施特劳斯大夫知道，先生，保护修道院也是我的责任。我们总是需要有人申请当修女。任何丑闻对我们都有不利的影响。好多人家也许就不肯让他们的女儿进这个修道院……"

"先生，院长嬷嬷和我写给赞助人的那封信，我知道，已经给你看过。我猜想，他考虑后才认定你是最合适的人，能够慎重处理这件事。这里的情况难以说清。希望你能充分理解我们左右为难的处境。上星期，我们得知有一位先生会来这儿，不是这个星期天就是下个星期天。我想他没告诉我们你的名字。"

"施特劳斯大夫和我认为应该马上采取行动。我已经私下里不止一次告诉她，可以做个安排，免除她的全部誓约。她反对，强烈反对。'我不会走的。'她就说了一句话，'我在等。'我没说错吧，施特劳斯大夫？"

"的确如此，院长嬷嬷。我们的难处是，先生，流言蜚语已经从这小岛传到了岸上。这一摊事可能很快会变得不可收拾。"

"请务必记住，先生，这里的修女不是所有人都宣过誓要保持沉默。比如，管打杂的初级修女就没有。当然不许她们聊天，我称之为唠叨。我想其中的一个可能已经把这个故事，这个想入非非的故事，传给了外人……"

"看，院长嬷嬷，他的气色缓过来了。我们能去饭堂了吧？你要扶着我的手臂吗，先生？"

"让我们马上去饭堂，先生。施特劳斯大夫，你听了一定高兴。我们准备了你最喜欢的汤，搅成泥再加奶油的那种汤。白色的芹菜茎，雉堞状的，是让人自己嚼烂成泥好呢，还是请修女哈辛达泡软后捣烂成泥好呢，这个不容易做决定。我们可以喝点酒，既然你不大舒服，先生。除非是当药用，这里很少可以喝酒。不过我们每天吃上帝的肉，喝上帝的血[①]，我们不缺养分，先生。我们会滋养你的身心……"

她的十字架碰到钥匙，回音自走道里传来，并不难听刺耳。回音表示他们的离去，恰如刚才的回音预报她的来到。他的脚步跟院长嬷嬷的混在一起无法分辨了。脚步声越来越轻，听不见了。门外的走廊重新沉没在死寂之中。

[①] 出自《圣经·新约·约翰福音》第六章。"吃我肉，喝我血的人就有永生，在末日到来时我要叫他苏醒。"（和合本）

35

长袍在身，天天如此，不论在何处……夜深漏残，目不交睫……画面出自心中的幻觉，幻觉来自回忆，回忆全是一片幻觉。

在这里，每天的日程多少年来毫不变动。今天早上也一样。我清晨六点半起身，仔仔细细地洗澡，有条不紊地。水淌过我的身子，像潮涨潮落，始终如此。

然后，我穿上另一件袍子。像往常一样，今天我也在等候……等候会转化成狂喜。绝对的意志力能驱使我们欣喜若狂。

……那个时刻终于来临。要是屏除一切杂念，全神贯注，纹丝不动地站定，专心等候，那么心中盼望的那个时刻最终会来临。也最终会消逝。

柏树环绕着我的神圣地域。我站着不动，像一株柏树。像它们一样，我忍受酷暑的暴晒和严寒的袭击，安安静静，毫无怨言。

因为在我隐居的世界里，沉默不仅是必要，也是我私下的慰藉。我是一位不容置疑的见证人，证明顺从的威力。这股威力吸取周围空气中的全部能量，把它无声地储存在灵魂的深井中。这股能量，虽然无声无息，却从遥远奥秘的天际一路回旋而降，直到那个人身不由己地突然向我们转过脸来。在此之前，我们只是在低声呼唤他的名字。

那个人的出现可能由其他的力量促成，但是这一点无关紧要。凡是在等待中度过长年累月的人都知道，猛兽伺机捕食的耐心必定会达到目的。

凭着不再是情欲的情欲，我已经把自己推至极限。极限不能给我希望，我把自己推得更远。

事情总是这样。有人在疯狂的深渊边缘舞蹈，双腿打战，摇摇欲坠。别人不得不看在眼里，就会觉得自己有义务采取行动。每一个人必须拯救他人，这难道不是一种神圣的义务，尽管没有人要求他这样？胁迫、博爱、恐惧、自我保存，任何一个名义下的代理人历来具有强大的势力。在是非难辨的迷宫里，迷路的可怜人踏上了命中注定的穷途末路。我们要把他们拉回来。他们因而知道自己必须狡猾。他们装模做样，表面上接受不请自来的救援。实际上却在耐心地、毫无悔意地等待时机。他们留神观察的眼睛在仔细搜索，不放过一个线索，看看哪里会有另一条路通往自寻的末途。

大概沉思了一个小时，我从椅子上站起来，躺到床上。我坐着的时候，感到一抹晨光落在我的脸上，照亮了我眼皮上的伤疤。借助施特劳斯大夫无意的疏忽，我的脸在几个月前有了细微的变形。施特劳斯大夫有种近似偏执的欲望想缝合甚至无关紧要的表皮伤口。修道院里虽然禁止镜子，在水面上仍然可以看到自己——水占术，或者在窗户、酒或鲜血的反照中看到自己——密占术。

要是在我眼前重现的形象是他的模样，我就更能认清自己。认清自己是个似是而非的大难题。证据难道往往来自镜子，而不是旁人的眼睛？

终于传来早晨熟悉的警告，十字架在撞击钥匙⋯⋯

选中的钥匙现在插进锁孔⋯⋯

"早安，修女安娜西娅达。"

她知道不会有人答应。

像往常一样她挑了一个位置坐下，设法尽量不要看见这副可怖的面容。

我们俩都在等待⋯⋯

然后⋯⋯

"早安，施特劳斯大夫。"

"早安，院长嬷嬷。早安，修女安娜西娅达⋯⋯"

他知道不会有人答应。

院长嬷嬷的声音打破了沉默。

"我派了修女哈辛达去接客人。他马上会到，施特劳斯大夫。"

寂静，之后是脚步声。脚步声过后，另一个人进了房间。那个人故意站在冬天清晨朦胧的阴影里。他的存在使黑影更深更浓。我向着阴影发出一声呼唤。

长远的沉默被粉碎了。那种沉默只有在施特劳斯大夫匆忙赶来出诊时才被昏迷中的呓语打断过。不只是那种年长日久的沉默被粉碎了，还有一种更深的沉默被粉碎。在那种沉默中，不曾出口的言语被系在沉重的梦上，字字句句沉没在一幅交织着回忆和希望的巴罗克刺绣^①之下，它们沉进了我的灵魂深处，不得表露。现在，一股难以捉摸的力量，一个模糊不清的

———————————

① 自十七世纪初，在欧洲逐渐占据主导地位的巴罗克艺术风格，以绚丽、宏伟、夸张为特点，带有浓厚的宗教色彩。

鬼怪，把那些字句从灵魂深处释放。我好像在看着它们变幻不定地飘荡上升，如烟似雾，浮向水面，拖曳着依稀可辨的波光水影。

"你……是的，阴影中的你……"

虽然我在低声说话，回荡的声音使我震惊，我感到更多的言语已被唤醒，正在不安地颤动。它们汇合起来仿佛要向我和我的听众发动袭击。

沉默。

"院长嬷嬷，施特劳斯大夫，是谁允许这个人进来的？"

沉默。

"先生，是谁允许你进来的？在这里，我有一定的权利，一定的特权。说吧，先生。"

沉默。

"什么？没有话吗？阴影中没有一句回应？也许我认识你。你务必原谅我没有起身迎接你。我躺着，因为我的人生负担实在太沉，它把我压倒，把我压垮。这副重担由我一个人背负。到最后，连我的母亲也无法帮我，可怜的妈妈。"

"我有一个问题要问你，先生。我，贝塞斯达·巴奈特，躺在这儿，是不是被压倒在耻辱的重负之下，被压倒在扔在我身上的、成堆的、像污秽的旧床单一样的耻辱之下？抑或是我，贝塞斯达·巴奈特，垮在自己人生历史的压力之下，那段几乎让她得到解脱的人生历史？或者，根本没有任何东西压在我的背上？上帝还没有回答我这些问题。也许你能，先生。"

但我心里明白他不能。是什么让我们总是希望影子会有实体？他不能告诉我，我躺在这间灰色的石头房间里，绿被子上有一个黑白相间的几何图形，是不是因为我毕生的能量已经全部消耗在那个瞬间。那个瞬间彻底控制了我，像挤干机一样碾过我的灵魂，把它压扁，把它折磨得无法存活。

院长嬷嬷一动不动地坐着。从她愤怒的眼光中，能看出她的沉静并不是来自于天堂。施特劳斯大夫低着头，指头搭成哥特式的建筑，支撑着他的额头。在清晨的黑影中，我什么都看不清。我在想，是什么故事让我们聚集在这儿。我不知道这个故事最后会如何交代。

我又一次向阴影发出呼唤。

"我知道有个人要来看我。你是昨天晚上来的那个人吗，先生？你是不是那个以为我睡着的人？我也许在做梦，但我感觉到有人。那种事上，我从来不会犯错。今天清晨，我早早起身，洗澡穿衣，完全按照老规矩。几年前，我很早就意识到我的规矩比修道院的更为严格，至少在濯洗净身这方面。你能接受吗——这个说法？是不是恰当？不是说我把细致的情感或者表达看得比什么都重。我已经证明我可以残忍，在必须可以残忍的时候。许多人做不到这点。他们不理解可以残忍是必要的本性。常常非如此不可。你同意吗，先生，可以残忍是必不可少的？你故意沉默，先生⋯⋯

回答我，先生，可以残忍是不是必要的？在当时是不是必要的？

"你知道我现在叫什么吗，先生？修女安娜西娅达，一个欢庆圣母领

报的名字，像玛丽的名字一样称颂神赐的母性，甚至对着不曾生育神明的

母亲们，称颂神赐的母性。为什么我们每次宣告婴儿的诞生总要庆祝一番？

玛丽，第一个玛丽，选中为圣母的玛丽，也许并不为自己的中选感到幸福。

这毕竟是个沉重的负担，不管怎么说。我们从来不知道生育会不会顺利。

还是不知道的好。她自然不能拒绝圣灵，不能拒绝圣灵的影子，'于是影

子降到她身上。[①]'不是那样教我们的吗？要是她说，'送那个孩子进另

一个人的肚子里，这里没有他的地方。'我想是有人引诱她说了这话吧？

[①] 见《圣经·新约·路加福音》第一章。天使加百列奉神的差遣向童女马利亚宣告上帝的影子会使她受孕，生下耶稣。这段故事即天主教"神灵感孕"（*Immaculate Conception*）教理的根据。

可是孩子一旦进入她的肚子，她就没有别的办法了。孩子也没有别的办法。大家忘记了这一点，活生生地困在墓中，没有出路，至少在十月怀胎期间无处可遁。有没有给孩子一个警告？你会被放逐。寂寞和孤单会结束……再说，我们对生育了解太少，我们只能假设一切顺利，不必借助于外力。《圣经》里，先生，我想没有提到过要用什么器械……"

"修女安娜西娅达！"

院长嬷嬷几乎在尖叫，把她残存的镇静抛向房间的四角。

"亵渎神明！亵渎神明，我告诉你！我绝对禁止你再说这种话。我有耐心。我有的是耐心，你却想方设法要毁掉修道会神圣庄严的精神基础。施特劳斯大夫，你一定有办法给这位修女施点药，不管什么药，让她不再……"

"你要镇定，院长嬷嬷。原谅我对你这么说话，但是我们时间不多了。

我们的客人明天就要走。他的意思不会变，跟我们的赞助人一样。修女安娜西娅达从来就不像其他修女那样严格遵守缄口不言的誓约。她今天说的话，有些我以前听到过。"

"我可是没有听到过，施特劳斯大夫。你一定要给她用点药，使她镇静下来，即使暂时镇静下来也好。先生，我想和你在房间外面谈一谈。请随我来。"

一个男人走开后，另一个男人走上前来，手里拿着一个药瓶子。

"施特劳斯大夫，"我低声说，"我有件礼物给你，施特劳斯大夫。一个完美的手指，小小的，是个小手指。手指被割开，一直割到骨头。一幅完美的画。不大但是完美，像那个手指一样。你等会儿就会拿到画。你把药瓶放在一边，施特劳斯大夫，画就归你。不然我就毁掉它。"

艺术是眼球背后的一个梦，这不单是对艺术家而言。当令人心醉神迷的形象在隐约的彩色中忽现在画布上的时候，我们就会认出那是无法想象的想象。施特劳斯大夫叹息着收下我的礼物。可怜的施特劳斯，命中注定要与人肉和人脑打交道，他的毕生所好却是人的骨头。骨头才是他内心深处那个艺术家崇拜的对象，尤其是他的妻子，那位钢琴家的指骨。他离开房间时，我问自己，他为什么没有选择外科医生的生涯……？

房间里又剩下我一人。我闭上眼睛，在脑海中创造一幅艺术家的画像。艺术家手里拿着一把钢针刷子，在人的肉体中认认真真、仔仔细细地寻找美丽的骨头，供大家欣赏。

我全神贯注于一副逐渐披露的骨架的幻觉，听任院长嬷嬷的声音似有若无地在我脑中穿过。一度纯洁的声音已经脱离躯体。她在门外的过道中踱来踱去，破口大骂"那个可恶的贝塞斯达·巴奈特"……

36

"就是！她就是可恶……原谅我，先生。原谅我，施特劳斯大夫。我说话通常不会那么直截了当。她不是个正常人，自以为是个艺术家。我讨厌艺术家。我说的当然是那种标新立异的艺术家，施特劳斯大夫。你太太是位释意型的艺术家，能无懈可击地阐释别人的作品，像个演员。那种无私的人探索自己的内心，目的在于为他人服务。标新立异的艺术家却像猛禽扑世，凶残的眼光搜索重建世界的方法。那种艺术家目无上帝。对了，他们目无上帝。我甚至可以说他们与上帝为敌。而绝大多数旨在阐意的艺术家是为上帝服务的。你告诉我，施特劳斯大夫，艺术家有谁成为圣徒？当然，我知道你太太是位圣徒一般的好人。"

"她的确是个非常虔诚、圣徒一般的女人，院长嬷嬷。而且还是一位艺术家。”

“贝塞斯达·巴奈特可以自认是个艺术家，但她不是个圣徒般的女人。实际上，她是我这儿麻烦最多的修女。她是这里最不敬神的修女。不敬神，我特意用了这个词。可恶的修女安娜西娅达！我想我已经不再相信她装模做样的那一套。也许她一直在装模做样？再说，上帝可能确实召唤过她。也可能是她听准了上帝的召唤。这个想法太可怕。施特劳斯大夫，贝塞斯达·巴奈特听清了上帝的召唤，有没有这种可能？”

“上帝的召唤是无声的，院长嬷嬷，对我这个没有受戒的人来说，很难理解。所以要肯定自己没有听错上帝的召唤，这很不容易。一切取决于理解，不管有声还是无声。”

“你讲得太好了，施特劳斯大夫。你认为我们的客人已经正确理解了我们的处境？”

　　"更重要的是，院长嬷嬷，他能否为我们找到解决的办法？也可以说吧，找到一条出路呢？"

　　"我们不想催促你。你在这个严酷的季节到我们这儿来，请不要以为我们不知道感激。又是下雪，又是风暴。噢，原谅我，先生，昨儿晚上睡得可好……一夜狂风大作……？"

　　我肯定他昨晚没有入眠，不只是因为刮风，确实狂风呼啸，不折不扣一场风暴。可是正如大家所说，暴风眼总是平静的，一个令人不安的景象。难道我不能捕捉暴风眼中的平静，用什么办法把它画在画布的某个位置上？应该用哪一张画，也许在阴影中，接纳旋风的中心？应该把旋风放进哪一张画中？盘旋上升的飓风在天空中留下完美的旋纹，旋纹中心却空空荡荡。它的中心是完美的虚无。虚无之中又传来施特劳斯大夫的话音……

　　"你还是来了，感谢上帝。先生，我希望经过我们这番交谈，你心中有个大致的计划。是不是可能，先生？拿出个计划。"

"施特劳斯大夫和我想，我们不是笨得不能开窍，先生。习惯寂静的人，听到声音会惊骇。言语一出监牢就炸开，我怕是这个意思，也许不是。话说得颠三倒四。你觉得我们说得还有条理吗，施特劳斯大夫？"

"也许有条理，院长嬷嬷。我们需要让客人有个谱，让他把事情搞个明白。是一首奏鸣曲吗，我问自己？是那种曲子吗？要不是赋格？我希望，啊，我多么希望能和我太太讨论这个问题。把各种声音交给她，由她去调配组合。"

"让我对客人直率地说，施特劳斯大夫。贝塞斯达·巴奈特可能是，的确是一个歇斯底里症患者，是个危险的人。对她自己有危险，对我们也有危险，对我们的赞助人也有危险。客人您怎么看？你非常谨慎，先生。"

"或者，客人可能累了。这一天够我们劳神的，院长嬷嬷。修女安娜西娅达有些话听上去像房间里开枪，保不住谁要中弹受伤。说实话，院长嬷嬷，我都害怕她要动手打我们。那是我胡思乱想，我知道，她身子太虚弱。她使我们感到不安，使我们大家都感到严重不安，先生。"

"施特劳斯大夫说得对。可是修女安娜西娅达刚来时，显得挺健康的。我们知道出过怪事。赞助人隐约透露过有难处。不过我多次跟你说明过，我们那时把她看作我们的福气。那一年，我确实把她看作我们修道院的救星。我们有各自的秘密。当时我以为在缄口不言的修道院里不会有问话……不会有指责。我们对良心的审察是无声的。不管她有什么事要忏悔，她肯定来之前就忏悔了。上帝永远是仁慈的。我们的赞助人是慷慨的。两者的结合是再好不过的大慈大悲。所以我欢迎贝塞斯达·巴奈特来。她当然有点忧愁，但我以为那是离开她母亲的缘故。她是个独生女，对母亲有很深的依恋。"

“上个月故世了，先生。”

“一点不错，施特劳斯大夫。我得亲自把她从祈祷室里喊出来，告诉她她的母亲去世了。”

“她很镇定，我觉得，院长嬷嬷。”

“十分镇定，施特劳斯大夫。也许太镇定了。我对她解释有关葬礼的规定时，她甚至没有掉泪。我告诉她，就是最亲近的家属去世，我们也不准离开修道院去参加下葬仪式。这是一种对信仰的考验。毕竟我们会在来世与他们相见。她只是低着头，我觉得很奇怪。她只剩母亲……父亲几年前死了。可是我发现，父母双亲，子女只会哀悼其中一个，少有为父母双亲都感到悲哀的。受哀悼多的总是我们爱得少的那一位。”

“人生的又一个奥秘，院长嬷嬷。”

“我们必须尊重奥秘，施特劳斯大夫。我还要进一步说，真的——在精神生活中必须毫不怀疑地接受奥秘。我觉得永远不该研究调查人生的奥秘。医学也有它的奥秘，施特劳斯大夫，你不同意吗？"

"我们难得看法不同，院长嬷嬷。但是医生有责任去调查研究人体的种种奥秘，找出病痛的根源。"

"别人姑且不说，你，施特劳斯大夫，是知道的，死于没有痛苦的疾病的人跟死于肉体折磨的人一样多。比如说，我父亲——我深切地怀念他，虽然我爱他不深 ——去世的时候就没有任何痛苦。有一天他突然断气了。"

"许多事情突如其来，院长嬷嬷。我们的客人就是一个例子。突然，他来了。突然，或许再过几个小时，他就会走了。然后……一切恢复正常，突如其来的正常。不是我们能预料的，对不对？"

"你说得对，施特劳斯大夫。有时候确实是这样。突然之间，一切正常了。这是上帝的恩赐，因为我们悬崖止步而给予的奖励。那条深崖，施特劳斯大夫，你说过那里才是找到真相的地方。你仍然这样想吗，施特劳斯大夫？真相是否要到深渊中去寻找？"

"假如是这样，院长嬷嬷，问题肯定会是，真相如果在那里，我们是否会不顾艰难险阻一心进入深渊？"

"在深渊里仰望一线光明，相信真相在那里，施特劳斯大夫，那才更有吸引力。"

"下深渊，上悬崖，都是险路一条，院长嬷嬷。实际上，我们也许不上不下，介乎两者之间 ①。修女安娜西娅达使用过这个术语描述绘画的某些方面。我想是上次发作后才有必要给她施药……减轻病痛。"

"介乎两者之间，施特劳斯大夫？"

———————

① 作者在这里用法文短语 au Juste milieu，有中庸调和、折中公允的涵义。十九世纪后期，法国有一批画家提倡兼容经院派的传统和印象派的创新，自称"中间派"。

"介乎真相和谎话之间，院长嬷嬷。介乎爱情和仇恨之间，介乎善良和邪恶之间，永远在两者之间作必然的摆动。"

"你意思是不是说，大夫，最安全的位置是在两者之间？"

"唉，如果是这样，院长嬷嬷，我猜修女安娜西娅达的灵魂不在两者之间。"

37

亲爱的施特劳斯大夫，可怜的施特劳斯大夫。某种存在的精髓深藏在他妻子的指骨中。他因这种痴迷而盲目，正如他对妻子的音乐充耳不闻一样，他竟然还深信可以使我的灵魂定位。

他当然不具备那种艺术家的眼光了，倘若他有的话，他就会看出我是一幅细部画，一幅表达我被三重魔力支配的细部画，头脑、灵魂、肉体都着魔了。一张完美无缺、栩栩如生的自画像，分成细致入微的局部。在反射的映像中，局部汇合成一个整体的形象。有时，在水面反射的倒影中，我能看见有个人在我背后。只有一张脸，一张女人的脸。我从没看到过那个孩子的脸。

我需要看见自己。我必须确定这就是别人看见的那个贝塞斯达·巴奈特。我非得弄到一面镜子不可。我必须说服院长嬷嬷给我一面镜子。这是唯一的一条她绝对不肯让步的规矩。我得找个办法。

她们也许会害怕我在镜子里看到的那个形象。也许我会看见，此时的我已经变成我母亲的模样，她还能挺直腰板走路那时的模样，会不会就是我感觉得到的那副口眼歪斜的模样吗？这不算什么，没什么关系。每当我的指尖触摸伤疤，能觉察皮肤已在肌肉上收紧，肌肉被稍稍扯离了正常位置。这里另有一个故事。那种别出心裁的脸部调节，能为一个艺术家赢得好评。说不定哪一天会有人砸烂自己的脸，再把五官重新组合成另一张脸。施特劳斯大夫细密的针脚也许会挺好看。他有没有意识到，我在想，针脚沿着我的脖子构成了一个键盘？

母亲现在已去世，自然死亡。她死于年老，是自然死亡。她年轻的时候曾企图自尽。我们分别的那天，她双眼紧闭向我低声忏悔，因为我并没得到允许可以赦免她的罪孽。有一次，我把她的事讲给施特劳斯大夫听。我告诉他，母亲躺在血泊中为爱情献身的时候，赶来抢救的医生侵犯了她。

然而，看到我淌血的时候，施特劳斯大夫却对我毫无欲念。我躺着任他摆布，他拒绝了我。我常常想起那两道伤口，在颈部和腹部……一张图中，我可以在同一张图上画两道伤口，一对孪生的刀疤。

我们重复父母的罪过。这是出自爱心的行为，为了表示我们对他们的了解，为了表示我们与他们不可分割。这是一种本能，有其艺术上的必要性。所以面部扭曲变形没什么大不了。我像她一样生活过，却没有孩子。虽然我给世界接生过一个新生命，自己却没有孩子。

穷凶极恶的记忆，气势汹汹要将我吞没。我停不下来，我停不下来。

砸碎的那面镜子，我谁也没给。虽然那一天镜子失踪了，但我时常会想起它。不过破碎的东西无法使我们愈合。我们必须自欺欺人，相信有打不破、摔不烂、不会把我们吞没的东西。我们需要完整的赠品。肢体被分解、面目被扭曲、神明被亵渎，都会使我们心中不安。

我记得还有面来自中国的镜子……在贴近暖棚的大房间里。黝黑的镜子上画着一幅又一幅猩红的扇面，像裙子似的，还画着奇异的猛禽。在并列的猛禽和扇面之中，格朗特莱大人或许发现了自己身上的某些特征。

我在想，他还藏着那面镜子吗？我站在镜子前面，他站在我身后……算了，那不是一件要紧的事。这种事难得要紧。尽管在切身体验的时刻，我只能在镜子里看见自己的脸。随后，我的脸没有扭曲。不对，我体验到了一刹那的扭曲，那种扭曲随即在中式镜子里消失溶解了。我又成了我自己。

那么他呢？此事我们从没有再提，之后的不断重演，我们也没有再提。那种事总是会重演了再重演，让我对它产生了依恋。太多梦想以后的实际行动，对我是一种安慰。他是我的第一个。另外的结合既不是正常的方式，也没有正常的理由，我当然能理解。有人说，理解一切便是宽恕一切，但宽恕有它自己一份罪责。

在没有旁人的密室里，我对着镜子从事那些行为，可能是为了向我们自己证明，我们是活生生的人。因此，实际的行为确实发生过。再怎么说，我们俩都从镜子里见证了它的发生。我的参与不是出于感激。但平心而论，我必须承认，格朗特莱大人在有段时间里为我提供了无懈可击的保护。

从他那方面来说，他从没强迫过我。与他结合是我自发的愿望，一个自然而然的结果：是肉体听从了头脑。他始终是我头脑的主人，而且也是我艺术的一位危险的赞助人。

我在这里有好些年都没有作画了。那段时间里，我觉得自己仿佛被时光洗涤了，被一种颜色洗涤，出于某种原因，是一种黄颜色。色彩滴下来形成一幅引人痴迷的图案，滴进一条河里，我仿佛在河上漂流，觉得自己被河水推着缓缓飘去，河水是凝滞的颜料。我的身体好像没有移动，它也许动不了。也许是我已被困在黄色的流沙之中。我从来不说话。我洗着，不停地洗着。我祷告。在凝重的黄色河流里日久天长地濯洗和祷告，这是一种无法想象的安宁。

我坐在这儿失神地重温那一天，时光与岁月就此流逝。那一天之前的几个星期，我把长椅涂成黄色，为了纪念一个孩子的逝世。他的名字我已经记不起来了。他淹死在河里。我给长椅抹上黄色，那种骄阳四射的黄色泛出一层绿色调。我建议涂成黄色的时候，那位母亲哈哈大笑。

"黄色？"她喊道，"黄……色……吗？"

"是的，黄色。"

"是的，黄色。"我又说一遍。我在折磨她。

231

THE STILLEST DAY

在黄色河流中漂浮的那些日子，我对着色彩祷告，我对着纹理祷告，我对着痛苦祷告。但是我从没有，从没有，对着上帝祷告过。我觉得我为他做的已经够多了。我替自己解除了余下的责任。我来回反复于万籁俱寂的那个时刻。没有上帝。

我必须制止它。回忆使人疯狂。疯狂的回忆正在击碎我的头脑。

房里有只铃，为我临终弥留而准备的。有人会为我终敷①，把液体浇到我身上。不会有倒影的液体？用这只铃，我可以把他召来。已经没必要了。很久以前，他被召唤过。他走了一条漫长的环游的路线。我站在圆圈中心静静地等待观望，犹如在梦中一样，注视着他环行而来。我始终知道，他的环行必定会有到头的一天。

---

① 教徒在病危或临终之际要举行终敷仪式，往往由教士把圣油抹在病人的额头和手上，赦免罪孽，安抚灵魂。

38

"听从贝塞斯达·巴奈特的召唤！这就是我们的命运，难道不是吗，施特劳斯大夫？她有没有召唤我？这块安静的地方归我管。我一抬头，别人也要怕三分。你看，先生，修道院被她搞成了这副样子。不光是那些画，我当然没见过那些画。而且，我得赶紧添上一句，我才不愿意看呢。修女弗吉妮娅生病了，真的生病了。她才瞥了一眼……那些画是罪孽的起源。我说得更过分一点，贝塞斯达·巴奈特是罪孽的起源。应该不让别人接触她，必须不让人接触她。我真是一肚子的火。这本身是罪过。看到了吧，先生，对我们产生什么影响？你能帮帮我们吗？派你来是为了帮我们的，不是吗？"

"先生，院长嬷嬷担心极了。你保持沉默肯定看出来了。你，一开始

233

还可以理解。现在变得越来越……越来越……"

"又在摇铃了，施特劳斯大夫。还在紧催。我就非得听她的召唤不可吗？好吧，我们去吧。"

"您先请，院长嬷嬷。先生，您是否介意跟我们一起去。"

"走进这片显然是贝塞斯达·巴奈特在这个尘世上的国土①。竟落得这个局面，施特劳斯大夫。她在这个世界里划出了自己的国土。可是她挑中的是我的殿宇，上帝的殿宇②。"

钥匙插入锁孔的声音。

"我看你已经醒了，安娜西娅达修女。真不知道我为什么还称你作

① 见《圣经·新约·马太福音》第六章。耶稣教导门徒在祷告中说，"愿你的国降临，愿你的旨意行在地上，如同行在天上。"（和合本）
② 见《圣经·旧约·撒母耳记（下）》第七章。上帝要求先知拿单对以色列人的大卫王传话，"我必使你的后裔接续你的位，我也必坚定他的国。他必为我的名字建造殿宇。我必坚定他的国位，直到永远。"（和合本）

'修女'。"

"也许是出于慈悲心肠，院长嬷嬷，也许因为你多少把我看作你的姐妹 [1]。作为你的姐妹，院长嬷嬷，我只求你这一次让我有一面镜子。"

"你知道我明确禁止在这所修道院使用镜子，修女安娜西娅达。在我看来，为你破例已经够多了。"

"院长嬷嬷，我知道你有几面镜子。无法确定一个人是否断气的时候，你就会用镜子。死亡，你是知道的，院长嬷嬷，当然你也知道，施特劳斯大夫，往往比一个人自以为的还要难以确定。先生……先生……你会怎样确定死亡的时刻？你也会用镜子吗？你会吗，先生？先生？"

沉默。

修女哈辛达越来越近的脚步声打破了这种沉默。

---

① 英语中"修女"和"姐妹"是同一个字。

"或者这样吧，院长嬷嬷，请吩咐她拿一面镜子给我。如果你为我做了这件事，我保证以后……守规则。"

"施特劳斯大夫说呢？"

"院长嬷嬷，我想这一次，就这一次，你该答应安娜西娅达修女的请求。我想这或许会有助于……"

"那好吧，施特劳斯大夫。我听从你的意见。哈辛达修女，请你去取一面镜子给安娜西娅达修女。不要那么心惊胆战的样子，哈辛达修女。快去把镜子拿来，然后马上去祈祷室为她祷告。"

"谢谢你，院长嬷嬷。谢谢你，哈辛达修女。谢谢你的祷告。告诉我，先生，你有没有为我祈祷过？"

"什么，一次也没有祈祷过？好吧，先生，我有几个问题。也许你能回答，在阴影中回答。"

"告诉我，先生，有谁知道塞缪尔·济恩斯的消息？那么多年，杳无音信？我从没有画过他。在画画那方面，他引不起我的兴趣。可是对我在这个世界上，我人生的那个框架、那个结构、那种构造，他是必不可少的。

"告诉我，先生，艾丽丝·托马斯还活着吗？或者说，改称为艾丽丝·皮尔森的那个人，她还活着吗？或者说，墓地里已经埋着两个姓皮尔森的女人？

"那个孩子呢？我给了她生命的礼物，虽然我没有给她母亲。这件礼物是不是孩子并不想要啊？那条生命是否还活着？我很少想到她。她对我毫无意义，什么都不是。她的降生太不容易了。听人说要是难产，母亲就会与孩子为敌。

"我还有最后一个问题，可能没人能回答。我当时是否知道她，玛丽·皮尔森，已经咽气？我有没有把镜子放在她面前，看她的呼气是否在镜面上起雾？我有时候，没有。没有，我没有。

"那我的母亲呢？没有，她也没有。她让我剖开玛丽·皮尔森的肚子。那是很不寻常的一刀，尽管在中世纪那样做很常见。但我们又能怎么办？

"有些问题我自己就可以回答。砸碎镜子的时候，我出血了吗？没有。我是个艺术家，我会保护自己的手。这些刀口？这些伤痕？它们是后来弄上去的，是采取行动以后的事。然而，是采取行动的那一刻决定我们是什么样的人，不是那以前，那以前我们走的是一段弯弯曲曲、无穷无尽、迷宫一般的路程。要走完那些路，我们才到达那个特定的时刻。我们是什么样的人取决于骤然迸发的感情，取决于一瞬间紧张的、实在的切身体验。那种感情和体验从此决定我们的过去和未来。在那一刹那，正人君子良心中的种种是非判断被突如其来的、必要的暴虐完全抹掉。"

哈辛达修女愈走愈近了。我希望她拿着一面镜子。那么轻的脚步，只能是她的。她身材矮小，有点丰满。她的容貌和身体比例引不起我的注意。我心中的景象有棱有角，有阴暗面。她走进房间，这个矮小、丰满、快活的人，端着院长嬷嬷保管的一面镜子。

"谢谢你，哈辛达修女。给我一分钟，让我确认一下自己的身份。这就是你禁止使用镜子的原因吗，院长嬷嬷？不让我们任何人确定自己的身份？要我们一长列黑色长队顺着无声的走廊走向弥撒？"

"很少有人会怀疑你的身份，安娜西娅达修女。"

"可是谁能证明这是我，院长嬷嬷？算了，现在我能把镜子放下了。我确定我在这儿。你要看看你自己吗，先生？做一个确认？我当然可以肯定你在这儿，但是我想你不会相信我。

"那么多我们耳闻目睹的事，我们都不会不相信。我们不相信自己的感觉，难道不对吗，先生？我们为什么应该相信？穿墙而过的手把我们拉向墙的另一边。这事发生时显得很不真实。我把它画下来的时候，就显得完全真实了。不过，两家的房子紧紧挨着，愤怒和罪恶感的洪流也许把它们融合在一起了。于是，男人的手穿过墙壁，把我扯紧，贴到墙上，一边在呼喊，'贝塞斯达，贝塞斯达·巴奈特，你能听到我吗？你能听到我吗？'

"我簌簌发抖，好像有什么东西穿透了我的身体，一种恶毒的东西。我抑制不住浑身战栗，从头到脚都在打战。不要，施特劳斯大夫，不要靠近我。原谅我，先生们。原谅我，院长嬷嬷。我想休息一会儿。我可以留下这面镜子吗？谢谢你，施特劳斯大夫。原谅我，先生们。我马上就还给你们。我知道你们会等……"

39

从关着的门里面传来一阵回声，有多少生命在这种回声里中途折断？我们没看见那个聆听回声的人，并不意味着他就不在那儿。

我倚靠在工作室的门上，注视着我的三幅画：《速写》、《细部画》和《底色》。每幅都是完整的，却还是一种半成品，只是为了最终那幅巨作而做的准备。

我听着院长嬷嬷和施特劳斯大夫喋喋不休地唠叨，他们试图找到一个打发我走的办法，找到一个送我离开的借口。我依然耐心等待着，就像在听坐在他们身旁的那个人发出的、哪怕一丁点的声响。

"我们怎么落到了这个地步，施特劳斯大夫？我们活到今天竟落到了这种地步？我们这家修道院竟落到了现在这种境地。我们迷失了方向。看起来我们完全迷失了方向。"

"有些人的人生，院长嬷嬷，就像一支笔直射向前的离弦之箭；另一些人在实现目标之前要兜圈子走弯路。我的妻子，你看，就是离弦之箭，朝着音乐这个目标直飞而去。想到她人生轨迹中那种充沛的能量，我不禁不寒而栗。她的人生一箭直达目标。每一天她要花好多小时练习弹钢琴、练习指法。"

病人弥留之际，施特劳斯大夫总要追溯病痛的根源。

"每一天都要严格练习指法的强弱。真的，院长嬷嬷，每一天都要练指法的强弱。每根手指都要练，每顿饭都要练，这个你知道吗？每次用餐她都要训练她的指法。上菜的间歇、上菜之前她都要练。我看着她的十根手指，骨骼和肌肉的组合包在皮肤里，顶端一片珍珠母贝般透明的指甲，'嗒嗒嗒嗒'，有节奏地敲打着桌面。我连饭菜都不碰了。有时候，只要看着她的手指，我就感觉到，对了，我就能在自己的胃里感觉到有规律的弹奏。难怪我在家里总是吃不下饭……"

"施特劳斯大夫！快别说了！我得告诉你，大夫，虽然我以前犹豫过要不要对你说，你有点不正常，痴迷于某种偏好而不能自已……恐怕这就是一种偏执，痴迷于你妻子的手指。"

"原谅我，院长嬷嬷。原谅我，先生。有时候我跟贝塞斯达·巴奈特在一起，就会担心在表面的疯狂之下她有一个非常明确的目标。她这是在接近一个目标……"

"施特劳斯大夫，也许你说得对。也许这就是生活的本质。有些人像直射目标的离弦之箭，另一些人则兜兜转转。我就走过弯路。是的，这会儿我算看明白了。接下来就是那个很严峻的问题。这就是我的目标吗？上帝的意思我有没有准确领悟？要是误解了上帝的意思，这将是多么可怕啊！也许，他根本就是在召唤我朝另一个完全不同的方向走。我有时候……当然不是在我祈祷时，而是在我长久保持沉默的时候，我自以为听见上帝在讲别的事，那些事以它们的疯狂令我吃惊。我入教挺晚的。这总是很难的。到底是谁在追寻谁，这很难说明白。对那些直射目标的离弦之箭来说，这没什么问题，没什么疑问。那样活着最好……嘘……我听到她回来了。"

"直射目标的离弦之箭，院长嬷嬷？我刚才有没有听见你说'直射目标的离弦之箭'？"

"你听见了我讲话的末尾，安娜西娅达修女。你看上去好些了。身子不打哆嗦了。"

"对。孤独让我平静。那么你呢，施特劳斯大夫，你曾是那种直射目标的离弦之箭吗？"

"我不这么认为,安娜西娅达修女。"

"也许你曾经是,施特劳斯大夫,但后来改变了方向,在你看到妻子的手指弹奏出别人听不到的音乐的时候。可怜的施特劳斯大夫!你以为你的话可以缓解我在漫长的愈合期里的伤痛。受伤的速度总是要比伤口愈合快得多。当然啦,有些人在受伤后还要忍受疗伤的折磨,那是他一辈子都要经历的苦难。不对吗?难道对你来说不是这样的吗,先生?

"回答我,先生。回答我。受伤后还要经受疗伤的折磨,这是不是一个人一辈子都要经历的苦难?我有罪,我没罪。我做了,我没做。我想过,我没想过。想到的没做过,做到的没想过。突如其来的行动可怕但是必要。脑中的人生,先生,能把人逼疯。可是行动,先生,行动经常可能置人于死地……

"又开始发抖了。我以为已经停了。我得跪下,我得双膝跪下。我得

THE STILLEST DAY

让自己摇来晃去。别害怕，先生。施特劳斯大夫知道我常会一连几个钟头摇来晃去。这会让我平静下来。我不会弄出声音。我听说在爱尔兰他们哭丧的音调很高，令人心寒。我从来没有听到过。不用怕，先生，我没什么不舒服。过一会儿，我甚至会忘掉自己在这儿，然后忘掉我是谁。在那种平静的心境里，我会入睡。原谅我，先生。原谅我，先生。原谅我……"

不管他们有没有原谅我，我被一个人留在了房里。门打开了，在他们迫不及待往外走的时候，有人在走廊里低声抽泣。

40

"哈辛达修女，别哭了，哈辛达修女。你可能觉得我太严厉。可是你得马上去厨房准备午餐。"

"我害怕，院长嬷嬷，我怕她。我觉得会在走道里遇到她。我不想一个人在走道里遇到她。"

"你马上住嘴，修女。她被关在房间里没事。"

"她那些画，院长嬷嬷？弗吉妮娅修女告诉我……"

"她告诉你？告诉你？她是怎么告诉你的？你们发誓沉默不语还算不算数？这儿所有修女中，只有你和我有特殊许可，这几天可以开口说话。别哭了，哈辛达修女。你现在就去。所有这些，我以后会处理。你到厨房去，马上就去。"

"好，好，我马上去。有人给我们送来三文鱼，院长嬷嬷。今天早上送到的。"

"三文鱼？冬天的三文鱼？谁送来的？从哪里来的？是我们的赞助人送的？是直接送到厨房了吗？为什么你没有告诉我？"

"原谅我，院长嬷嬷，我以为你已经知道了。"

"我可是不知道，哈辛达修女！请你不要又哭了，哈辛达修女。你现在必须离开。"

我听到哈辛达修女，脚步轻快地沿着走道跑掉了。

"我真是不明白，施特劳斯大夫。恐怕三文鱼不是给我们的……"

"院长嬷嬷，我们还有很多要紧事要商量。刚才你在跟我发火的时候，我想别的事出了神，想着妻子的……"

"施特劳斯大夫，刚才在那个房间里听到的事，我不想再谈。我恨不得可以忽略掉。我但愿能说，'没有，我没有听说过这个。'所以这会儿让我们来讲这个三文鱼吧。我们的赞助人为何要送三文鱼来？我们的赞助人怎会在这个季节送来三文鱼？我们是不是要吃一顿本来是给别人准备的饭菜？这是不是一个谜呢？这是不是有一个谜呢？我想我多次表示过反对吃三文鱼。三文鱼这种颜色在修道院里犯忌讳。桃红和粉红相间的黏膜，丰厚的鱼肉——没有烟熏过的……那种鱼的颜色像人肉。我们极少看到人肉，连自己身上的肉也很少见。我禁止修女房里有镜子。冥想自己的肉体是一种亵渎。我可不愿意瞪着喷香肥厚的三文鱼。三文鱼这种淫荡的肉色，哈辛达修女总要设法配上一圈绿色蔬菜来加以掩饰，她的这种努力总是失败。也许赞助人要来访问我们的修道院，三文鱼是为他准备的。"

"院长嬷嬷，不事先通知的话，我们的赞助人是不会来的。"

"这倒是真的，虽然他有权随时来。我们的赞助人在世上的权力有时看来确实比上帝的还要大。当然，不说圣餐变体的事①。圣餐变体。要是上帝讲的是鱼或肉，还用那么多人像克兰默那样丧生②？面饼是简简单单的食物，不可能让人联想到肌肉和骨骼，难以与人体的概念联系在一起。你同意吗，施特劳斯大夫，如果圣餐是鱼或肉，不是面饼③，'这是我的身体'这句话就不可能起作用？"

"这种观点很有意思，院长嬷嬷，尤其是涉及'上帝的羔羊④'这一说。现在，院长嬷嬷，我必须请求你……"

"原谅我，先生。人们变得很在意这种细微差异。长期保持沉默使人

---

① 变体是天主教对圣餐的解释。即圣体、圣血经过祝圣后虽然保留了面饼和酒原本的外貌形态，但其本身的性质变成了耶稣的身体，而不再是面饼和酒。或者说祝圣后的面饼和酒，是耶稣的身体和血以面饼和酒的形式来展现的。

② 托马斯·克兰默（Thomas Cranmer, 1489 – 1556）在促动英国国教圣公会脱离罗马天主教的过程起到极大的作用，被信仰天主教的玛丽一世烧死。

③ 见《圣经·新约·路加福音》第二十二章。耶稣在最后的晚餐中掰开面饼给门徒吃。他说，"这是我的身体，为你们舍的。从此你们也应该如此，为的是纪念我。"耶稣又拿起杯子说，"这杯子是用我血所立的新约，是为你们流出来的。"（和合本）

④ 原文是拉丁文 Agnus Dei，意思是"上帝的羔羊"，即耶稣。施洗者约翰见到耶稣，对众人说，"看哪！神的羔羊除去世人罪孽的。"见《圣经·新约·约翰福音》第一章。（和合本）

敏感。要说的都说完了，复归沉默，我会感到满足吗？我已经说了很多，这样的机会要过很长时间再会有。天哪，我心中充满罪意。我还没有吃赞助人送来的、本来不该是我吃的食物。"

"也许，院长嬷嬷，我们的赞助人送三文鱼是给客人吃的。"

"哦，谢谢你，谢谢你，施特劳斯大夫。对了，是这样！施特劳斯大夫不但治疗身体，而且他的话常常给我的心灵抹上油膏，在我心中充满恐惧的时候。"

"这是医生的职责，院长嬷嬷，因为，担惊受怕的心灵或头脑迟早会影响身体的健康。"

"尽管不是最满足，可还是很需要。施特劳斯大夫。我们的客人们是怎么想的？"

"你怎么一声也不吭，先生？院长嬷嬷和我都不抱希望了。我们不停找话跟你说，是为了缓和局面。因为你始终不言不语，似乎可以理解为你心中不悦。"

"你站起来了，先生，是要离开我们吗？你不和我们一起用午餐了吗？施特劳斯大夫，我们的客人为什么要离开我们？走得那么突然。他知道他必须要做的事吗？施特劳斯大夫，难道我们没有说清楚吗？那些要紧的话他有没有听明白呢？从许多话里搞清楚哪些才是最要紧的，这是很不容易的。在你走之前，先生……"

"你停下，院长嬷嬷。我觉得我们的客人已经明白了哪些才是要紧的话。我想我们的客人是个忠心、负责的仆人，他是来为主人办事的。"

252

记录向我们显示了来客是在次日，也就是星期二打破了沉默，先是在上午，然后是在下午晚一些时候。

从走廊里传来某种声音的回响，难以分辨。

有一位修女觉得她听到了笑声，不过这无法证明。如果听到的是笑声的话，那会意味着什么？

那天晚上，那位客人在离开贝塞斯达·巴奈特的房间之前，曾摇铃召唤过哈辛达修女。院长嬷嬷陪同哈辛达修女一起来的。客人要求她们提供下列物品：亚麻布床单、毛毯、纸和大量细绳子。

后来有人看见他离开了贝塞斯达·巴奈特的房间。看见的那个人认为他提走的是三幅画。画包扎得很仔细。根据包装的厚度判断，纸下垫了几层床单作保护。

　　客人对哈辛达修女和院长嬷嬷说，明早天亮的时候，他要一个人去见贝塞斯达·巴奈特。他还吩咐晚上不要打扰他。

　　那晚，施特劳斯大夫被突然叫回家，去照料他躺在床上的妻子，一名神色惊慌的信使曾来通报他妻子割伤了两只手。有鉴于此，这份星期二的事件记录，只有哈辛达修女和圣岛上的"圣灵感孕修道院"的院长嬷嬷才能来做旁证了。

42

又是一个圣灰星期三之前的星期三，在这一天，某个岸上的陌生人只能依稀辨认出湖上有条小船，也许还有两个人的影子：你的和我的。陌生人甚至会隔着波浪向我们招手，以为隔着一段距离就很安全。他想不到意外事件会使我们成为见证人，即使是在远距离之外。一旦被捕捉到画面中，即使处于画面的边缘，我们也会永远留在那幅画里。

从小岛到对岸不长的航程中，我们并肩而坐，趁这个时候，让我轻声对你诉说，好吗？当守护我岛屿生活的那一圈柏树，渐渐远去，离开了我们的视野；当水面上的树影，消失在白茫茫的晨雾中，趁这个时候，让我轻声对你诉说，好吗？此刻，我已不再被藏在树木和岩石背后，礼仪和教规的庇护所已被我抛在身后，趁这个时候，让我轻声对你诉说，好吗？让我对你诉说拂晓时分来回盘旋在我昏沉沉的脑海中的那些话，那些还没有被我画出来的、还没有被我问出口的问题。

是谁在那一天弯下身去，仔细搜集沾满鲜血的镜子碎片，那些散落在玛丽·皮尔森尸体四周的、尖利致命的碎片？我知道是谁，我一直知道，所以我可以提出更用心险恶的问题？你把镜子碎片上的你藏到哪儿去了？它们是不是埋在了某个地方，那儿的泥土让碎镜的冷光黯淡下去；还是给保存在一个秘密的地点，你可以去那里对着镜中的影像进行反思？

那个坐着法官和陪审团、格朗特莱大人、主教和医生的房间，你在那儿时为何始终保持沉默？要是你开口，那三位先生的意识中就会偷偷地渗入另一种阴险的色调。那三位先生并未见证那几个小时内发生的事。他们审慎地把那段时间遮盖在沉默之中，以便给村民及其子女一个安心的保证，一份永久的馈赠。如果你在他们沉默时说上那么几句，他们就会更起劲地搜集那一天的碎镜片。你的话可以改变当天的裁定，也许会证明我有罪，尽管我是无辜的。因为你的沉默，你一直在惩罚自己，也在惩罚我。你使我免受了那种应得的惩罚，为了那种我没有犯下的罪。我们为不曾犯下的罪所遭受的惩罚，往往要比犯过的罪遭受的惩罚更大。

现在来说一说今天清晨的雾。我能画出渴望的纤细线条，它们带着怀疑的银光。银色是怀疑的颜色吗？疑问如何成形？游丝般飞舞的象形文字是怎样组合成一句问话："你是为我而来？还是他派你来取画？"

勾勒出线条的文字，在晨风中闪烁了一阵，随即消失。我不想召回它们。我反而想知道：你还记得你自己吗？你有没有在那些画里认出自己的轮廓？当你的眼睛辨认出你以为的熟悉线条时，你是否也在搜寻恐惧的形状？那种被永远束缚在画中的恐惧感？

我梦见你是那么小心翼翼地包起那几张画，缓缓地在画上裹上一层又一层床单，再裹上一层又一层毛毯，再裹上一层又一层纸。其他的一些支离破碎的思绪，聚合成一幅马赛克镶嵌画，展现一个虚无的未来。我不知道谁会来割开这一切？谁会来割开这片由纸、羊毛、麻布组成的密集丛林？他能辨认出他找到的东西吗？我曾经割开过。在一阵神思恍惚的狂热中，我曾经搜寻。我找到了生命。生命，就像死亡一样，不容置疑。

有些画，我们是在梦里见到，很久后才能让它们成真。现在我要画一场梦。在我那修女袍底下颤抖的肉体将是我的画布。我已解开长袍躺下来，挣脱了束缚。赤裸裸的肉体一片荒芜，一瞬间展现在你眼前。这是一份凄凉的奉献，苍白无力，可悲可哀，正在放声召唤浓彩艳色。

现在我触摸自己的头，荒原的地角。浓密的头发已经枯朽，长期被遮盖在黑头巾下。我的头发没有剪过，又一次违背戒律。我的头发只有在夜间，才披散在一只不知缝补过多少次的白布枕套上。我希望会有一只看不见的手，在月光下攥紧我的头发，在我的头发上奏出我渴望的痛苦音阶。

现在才宽衣解带已经太晚了。你连看也不看我一眼。你似乎并没有发觉，我颈前镶嵌着一道细密疤痕，像小鸟留下的抓痕。细密的针迹就像安格尔[1]在他学生的画上留下的修改标记。此时，雾霭的披巾在我的乳房前闪开，短暂地露出一双视而不见的眼睛回看着你。你的瞳孔不由自主地骤然放大。然后，你转脸不顾。

你的叹息，简直就是一阵战栗，悄然退隐，像双桨浸入死寂。你远道而来，很清楚你在期待什么。湖水很深，最深的地方就在这儿。尽管我们在向岸边划去，隔岸观望的人却看不清，因此一无所知。

我的身体已适应寒冷，不再哆嗦。尽管我就在你身旁，你却不朝我看。

---

[1] 十九世纪法国新古典主义绘画大师让·奥古斯特·多米尼克·安格尔（Jean Auguste Dominique Ingres, 1780－1897）。

对我身上各有其名的部分，你毫无感觉。在这块画布上我将创作一幅最终的画作。它的三个准备阶段：《速写》、《细部画》和《底色》，就在船上，在你的身旁。我知道你会妥善保管。

现在，我将赠你一件礼物，一幅最后的画作，让你平息长久的饥渴与悲恸。多年以来，我一直感觉到你的饥渴。你的饥渴吞没了我，恰如它吞没了你，因为我们都需要另一个人流血。我现在懂了，非得如此，不能将就。当我完成自己的作品，并把这份礼物赠送给你，我知道你会哭泣微笑。哭泣之后，微笑之后，你会返回自己的生活，返回到你岸上的生活。

我最后一次呼唤你。你终于倾身凑近，仍然那么俊美，白茫茫一片中仍然保持你的银白。我笑着对你问道：

"船夫……你会不会领着我穿越一片梦境，去到另一个现实中那个寂静的时刻，去到另一个地方？"

双桨继续不紧不慢地起落，没有水声来伴随双桨。如此长久无声的忍耐必有回报。我开始创作我的作品。

"这是给你的。这张画，永远不会有别人看见；这样的礼物，从来没有任何人收到过，也永远不会有人收到。这件礼物赦免一切罪孽。

"所以，坐着看我现在打碎另一面有画的镜子。镜子上再次照出你的面容。院长嬷嬷将来会后悔她勉强破例。我在这儿切开。你看见了吗？你看见裂口了吗？看着颜色流出来蔓延开。鲜红的色彩，画家的创作无与伦比。看着它一滴又一滴、迟缓地滴落、无声地滴落在无情无义的木头上。"

此刻，你看着；然后，你等待着。虽然我在轻声诉说，你不再俯身向前。我知道你永远也不会了。

这张画需要更浓重的色彩。用镜子里你的手，我在我洁白的前额上割出更多的血。我能感觉到线条的优雅。你是否喜欢它的完美？注意这种颜色对比，淋漓的猩红色晃动在雪白的额头。现在看那一圈血滴，在我的脸颊上。我的舌头有些轻微变色，当它急切地伸出来，要去吞咽，至少要去接受一部分最终的祭酒，就像修女们的舌头贪婪地接受上帝慷慨分发的圣体和圣血。

"我为你选中一种颓废的猩红色。现在我要用这种红在胸口上画一个十字架。快快落笔。画家已经着魔，那位观众是否也已经着魔？你还是不说一句话？看我绕着我的腰画出一串红宝石般的小伤口，以此做一个之前没有的标记。重复有损画家的尊严，所以这条开口割得和以前不同，不是我给她割的那个样子。你还记得吗？你还记得那条切口吗？那条切口又长又深，深如洞穴。从那儿我把孩子拉了出来。

"谁有我这种勇气？至今谁有过我这种勇气？许多年以后，你还会记得我这些问题吗？如果你记得，许多年以后，你会不会回答？"

你会不会，我想知道，对我的作品表示赞许？你会不会赞许你自己的作品？我的利器上有你的手印。你更加苍白了。可是，请你等一下。我会变得比你更苍白。比苍白更苍白，比纯洁更纯洁。你不能动，或者你不愿意动。我并不惊奇。你为何非要抵抗你多年的梦中所想？我们该怎样感激我们的那些未受惩罚的梦。

我需要最后的一份滋养。首先，我将吞下那些小碎片。然后，沿着细密针脚的项链一刀割开咽喉。

"你渴了吧？你要喝吗？赶快，赶快。雨水洗过的脸……雨水洗过的……还有银白色。"

我飘然离去，进入寂静，进入水中。当我随波而去，离你越来越远，我的那张画上所有的颜色，汇合成一股红色的水流，向你逆流过去。我变得越来越白，在冰冷的、泛着银色光泽的湖水中，或沉或浮，变得越来越白。

THE STILLEST DAY

　　我曾是孩子们的老师，教过他们所有必不可少的陈腐假话。人生，我现在流逝着，离你而去。我终于被带走，离开人生。离开也许最好在梦中度过的人生。

万籁俱寂的那一天

格朗特莱庄园

1917 年 9 月

伦敦圣詹姆斯区国王街 8 号

克利斯蒂拍卖行办公室

托马斯·阿吉尔先生

亲爱的托马斯，

  我给你一个肯定的答复，是的，我愿意出售那些画。说实在的，直到你的来函以及随后的来访以后，我都不清楚，有没有人知道这些画的存在。

  我曾经想过，我永远也不会和它们分开。那些画在许多方面都对我非常珍贵，我无法向你详加解释。不过，那都是很久以前的事了……况且……

现在我想要处理掉那些画。我的儿子，可怜的乔治，对美术毫无兴趣。假如他还活着，也许……有多少人的儿子在战场上牺牲。人数那么多，我们永远无法知晓。

我去世以后，格朗特莱庄园及其一应物品都要传给我侄子亚历山大。那些画不是一份令人愉快的遗赠。它们最好彻底离开我的家族。

要是那位隐姓埋名的买主决定不再继续购买，我们就设法通过下一个适当的交易处理掉那些画。

在那种情况下，作品来历应当保密。那批画应当被称作"一位绅士的财产"。我想我仍可以算是一名绅士，托马斯。

格朗特莱敬上

她的人生最好是一场梦

　　乡村小学里有位美术老师。在她宁静、单调的生活中，她借以认清自我的，只是天天挽在颈后的那个一丝不苟的发髻。一天，在倾盆大雨之中，一个陌生男子出现在她眼前。突如其来的欲望即刻吞没她的灵魂。她禁不住要解开自己的发髻，为他抹去脸上的雨水……万籁俱寂的那一天，不可思议的那一天，为期已经不远了。

　　这部 1998 年初版的小说是爱尔兰出生的英国女作家约瑟芬·哈特（Josephine Hart，1942 – 2011）在中国出版的第二部作品。她一生发表过六部小说，第一部译成中文的是《情劫》（*Damage*，1991），2012 年在中国大陆发行。《万籁俱寂的那一天》（*The Stillest Day*）是作者的第四部小说。和《情劫》一样，它也是一本打开就放不下的书。但与《情劫》也有不同，它不是一本一看就懂的书，而是一本需要读者仔细念、用心想的书，因为呈现在读者眼前的故事穿插在离奇的画面之间。闪现在她眼前、心中、梦里的画面未必张张清晰，情节线索忽隐忽现，随着故事的发展似乎越来越难以捉摸。虔诚的自白向着镜子倾吐，瞬息间的暴虐鲜血淋漓，难言的欲望呼唤着朦胧的身影，梦呓痴言漂浮在白茫茫的水面上。作者自己说，这是"不能想象的想象"。也许难懂的正是这些难以想象的画面和情节。然而触动我们反思人性的不也正是这种"不能想象的想象"？你能想象欲望是什么颜色？绝望又是什么颜色？请你读一读美术教师贝塞斯达·巴奈特的故事，用心去读她一生的绘画，直至她最后的杰作，尤其是她最后的那幅杰作。

象征主义

　　说来奇怪，绘画并不是约瑟芬·哈特特别钟爱的艺术形式。她在《情劫》再版前言中说过，她是一个在语言中成长的爱尔兰孩子，文学是她的生命线，自小倾心于阅读小说、诗歌和戏剧。绘画和音乐似乎对她没什么影响。可是有心的读者将会注意到，哈特引用了法国象征主义绘画代表人物奥迪隆·雷东（**Odilon Redon，1840 － 1916**）的话来开始这部小说："我把什么放进了画里……？我放了一扇通往神秘之境的小门。"我们由此可以猜测哈特的灵感来自哪里，她的故事要为你打开一扇怎样的门，引你进入何等样的境界。哈特的作品往往强调比理智更原始、更奥秘、更执着、更有力的情欲。在《万籁俱寂的那一天》中，同样的主题以象征主义的美术理论为烘托。在她的六部小说中，只有这一部自始至终贯串着一套美术理论，那套理论充分体现在一系列富有象征主义特色的画面中。看来绘画对她的文学创作还是有一定影响的。读者不妨兼带着观画的眼光来读这本书。

十九世纪末在西欧出现的象征主义（Symbolism）不仅限于美术，它是一种与自然主义、现实主义冲突的美学潮流，在文学领域中接近唯美主义的颓废派，在绘画中推崇超理性的情感，尤其是由幻觉隐喻的情欲或预兆，着意在实像后的意向，视觉隐喻中的神秘感。应当说明，我们追溯哈特的构思，目的不是要把这本小说定性归类。但是，情感与理智的冲突，个性与礼仪的抗争，可以从主客观两重性的角度去理解。一个活生生的人归根结底是欲望的动物还是理性的动物？哪一种抉择是人生的悲剧？合上书，你能回答这个问题吗？

"象征主义"不该是标签，不必从这一页贴到那一页。作为绘画的底色，它提供朦胧的精神氛围。爱看画的，不会无视那种氛围。也可以说象征主义是块有色镜片。透过它，小说中的画面可以显得更细致一点，难懂的地方也许就不那么难懂了。

哥特式小说

贝塞斯达·巴奈特的一生有两个主要环境，偏僻的乡村小学和孤岛上的修道院。学校里高耸的窗户和拱顶无时无刻不把师生的眼光和思绪引向上帝。修道院里的修女终日保持缄默,没有镜子引发任何俗念。学校和修道院都掌握在一位贵族领主的手中。从农夫到修道院的院长嬷嬷,几乎所有人的命运都由贵族大人主宰。这个故事是不是发生在中世纪?

不读到故事结尾,读者不会知道故事的年代。唯一的线索是书中讨论的象征主义刊物和绘画,加上同时代的唯美主义颓废派文学作品。故事显然不是发生在中世纪。有意把近代、当代的情节放进近似中世纪的虚构场景,这是哥特式小说的一大特色。

作为通俗文学的一个流派,哥特式小说起始于十八世纪后期的英国,迅速流行到欧洲大陆,影响延续至今。《万籁俱寂的那一天》便是一个例子。哥特人是日耳曼民族的一个部落,因为攻打罗马帝国,自古以来被视为欧洲的野蛮民族。西欧中世纪的天主教堂和城堡后来被统称为哥特式建筑。那种建筑,包括幽暗的密室、阴森的地窖、高耸的钟楼和凄凉的坟场,往往坐落在荒原或孤岛上。那里隐藏着不可告人的罪孽,酝酿着凶险的复仇,怪诞的角色在命运的诅咒下疯狂或死亡。特定的哥特式场景烘托出笼罩一切的恐怖和绝望。

除了特定的场景，哥特式小说情节中还有其他常见的成分，例如被囚禁的女主人公、势力强大的领主、隐蔽的家史、多年后的复仇、残酷暴力以至怪力乱神、幽灵鬼魂，等等。这些成分在这类小说中反复出现，难免流俗。

哈特沿用了哥特式小说的套路，但她主要着眼于女主人公的心理世界，不是阴森森的教堂和修道院。她的选景应该说是一种象征。常读恐怖小说的人读这本书，也许会出于习惯，到密室、地窟、钟楼和坟场去寻找刺激和惊险。《万籁俱寂的那一天》当然可以作为一部现代哥特式小说来读，但要提醒读者一句的是，哈特的场景是一种象征。她的主要用意不在于现场的恐怖。她要我们思索人性。

贝塞斯达·巴奈特没有罪。她只有一场不死的梦，从学校到修道院。故事迫使读者追问，"究竟是什么给她带来绝望，给读者带来恐怖？"解开发髻，抹去他脸上雨水的欲望难道便是她命中该受的诅咒？笼罩一切的是贝塞斯达·巴奈特的绝望和我们的恐惧。我们为她心中的绝望感到恐惧，因为遭受命运报复的是无辜的她。借景烘托不如直视人心。

上帝和圣母

可以说，上帝和圣母在爱尔兰文学中几乎无处不在。信仰解脱信徒的苦难，带来狂喜；信仰压抑信徒的人性，逼他们疯狂。狂喜的信仰和疯狂的叛逆是西方文学中常见的主题。在今天的文学作品中，这个主题不代表迷信和科学之间的争夺，而是演示寻求更高道义准则的内心挣扎。道德的权威最终归于教规还是自我？这是现代人的信仰危机。

贝塞斯达·巴奈特见到那张淌着雨水的脸，她找到了她的上帝。当她的手按到他肩膀上时，她感到自己摸到的是十字架，因而得福。她要散开自己的头发，覆盖他的脚，像传说中的信女用头发为基督洗脚。信仰和欲望融合升华成最诚挚的情感。何罪之有？

圣母领报，圣灵感孕。贝塞斯达·巴奈特在画她的绝命之作前问过，要是圣母不愿受报呢？她有否想过这个胎儿最好送进另一个女人的身体？这是作者对天主教一条根本教理的质问。因为神的意旨漠然无视人世间最珍贵的情感，所以上帝的影子掠过圣母，于是她便得子。圣母毫无选择，圣子同样毫无选择。何福之有？

权威存在，是因为我们容忍它。为什么不可以听从自己的心？哈特问世界上禁欲的修士修女们：最珍贵的信仰来自教规还是来自自己坦诚的心灵？天堂不在心中，又在哪里？心中的天堂会不会是终身的炼狱？

文笔

哈特一生倾心于诗歌的魅力，称之为"声、意、情三位一体"，所以她在散文体中追求诗歌的音韵、意境和情感。这部小说能够扣人心弦，且不说情欲的主题，文字就能使你入神。哈特的英文原作，打开了就放不下，催你在一个晚上看完。译者希望中译本同样也是打开了就放不下，非一个晚上读完不可。然后你会思索一番，至少再读一遍，就像许多英语读者一样。

《万籁俱寂的那一天》是贝塞斯达·巴奈特的回望。她的回望对象首先是她自己，其次才是读者，与其说是回望还不如说是独白。独白的节律与陈述当然不一样。文笔无须按部就班、顺理成章，凭感觉就是，文字也就自由了。这样的自白，读者得追着听，总觉得自己错过了什么，一行又一行地追着她倾吐的思绪和感情。女主人公的自述划断成一个接一个省略句或短句，时断时续地闪过读者的意识，带着顿音的节奏感。断然休止以后，会跳出另一个省略句，延伸前一句中的涵义或图像，长短不一的短句使故事听起来像散文诗。遗憾的是，原文的节律很难在汉语中忠实传达。这里只能提一下，留给读者带着想象的耳朵去捕捉。不过，你要是觉得自己在追赶贝塞斯达·巴奈特的自述，生怕漏掉一个字，那种感觉就接近原著的节奏了。

　　哈特有种几乎不可思议的能力，她能写出箴言警句般的句子，让读者为之一震。短短一句话，往往构思奇特，在读者预料不到的地方忽然揭示发人深思的哲理。她的第一部小说，也是她的成名作《情劫》，在 1991 年发表以后，几乎所有评论家的文章中都马上注意她的这种遣词造句的特殊能力。诗的节奏加上格言一般的句式，现在已公认是哈特个人风格的两大特色。可是精雕细琢，过于用心难免会对读者的欣赏有所干扰。译者认为，在这部小说中哈特掌握的尺度不如《情劫》妥当，译文中因而相应会有一些生硬的地方。

　　了解一点主义、流派、教规和风格也许有助于理解。欣赏则是一个因人而异的过程。最简单的理解，这是一个女人和三个男人的故事。每个读者在合上书以后不妨问问自己：是书中的恐惧、绝望还是执着的欲望在吸引着我？还是别的什么在吸引我？吸引你的大概不只是主义、流派、教规或风格。

　　贝塞斯达·巴奈特在故事开头劝告读者不要在她的故事中寻找你自己

的现实，因为你不是贝塞斯达·巴奈特。她在故事的结尾说，她的人生最好是一场梦。

张叔强、叶逢

2014 年 3 月 21 日

图书在版编目 (CIP) 数据

万籁俱寂的那一天 / (英) 哈特（Josephine Hart）著；张叔强，叶逢译.
--11 版 . -- 上海：上海译文出版社，2018.8
书名原文：The Stillest Day
ISBN 978-7-5327-7684-9

Ⅰ.①万… Ⅱ.①哈…②张…③叶… Ⅲ.①长篇小说—英国—现代
Ⅳ.① I561.45

中国版本图书馆 CIP 数据核字（2018）第 018574 号

图字：09-2012-365 号

万籁俱寂的那一天

［英］约瑟芬·哈特 著 张叔强 叶逢 译
责任编辑 / 龚容 装帧设计 / 柴昊洲

上海译文出版社有限公司出版、发行
网址：www.yiwen.com.cn
200001 上海福建中路 193 号 www.ewen.co
苏州市越洋印刷有限公司印刷

开本 889×1194 1/24 印张 11.5 插页 10 字数 78,000
2018 年 8 月第 1 版 2018 年 8 月第 1 次印刷
印数：0,001—5,000 册

ISBN 978-7-5327-7684-9/I·4711
定价：72.00 元